長編小説

あやかし淫奇館

睦月影郎

竹書房文庫

目次

※この作品は竹書房文庫のために
書き下ろされたものです。

第一章　百年前の大正美人と？

1

「ずいぶん出来ましたね。すごいです」

正樹《まさき》は、静香《しずか》の作ったジオラマを見て言った。展示用の台の上には、大正時代の浅草の風景が再現されているのだ。

今はなき瓢簞池《ひょうたんいけ》の周囲に、凌雲閣《りょううんかく》と呼ばれる浅草十二階や花屋敷、浅草寺《せんそうじ》の五重塔などが木や紙で細かに作られていた。

「ええ、そろそろ完成に近いわ。でも、この『淫奇館《いんきかん》』だけは細部が分からないの」

静香が、メガネを押し上げて言う。

ここは浅草にある天道寺《てんどうじ》スタジオ。彼女、天道寺静香がここのオーナーだ。

大原《おおはら》正樹は二十八歳。美大のデザイン科を出たものの、中学高校の美術教師の口もなく、バイトしながらブラブラしていたが、大学の同級生だった静香に誘われ、このスタジオで働くようになって半年。

スタジオといっても、ほとんど静香個人のアトリエだった。

彼女は四月生まれ、正樹は三月生まれ。つまり同級生なのに、静香は昭和生まれで正樹は平成生まれなのである。

一年近く年上だし、彼女は見かけも大人っぽいので同級生とはいえ、つい丁寧語になってしまっていた。小柄な正樹は颯爽《さっそう》たる長身の静香をお姉さんのように思って慕《した》い、もちろん陰では熱烈に彼女の面影でオナニーしていた。

大学時代も遠くから見て憧れるばかりで、それほど親密でもなかったのに、連絡があって手伝ってほしいと言われた時は有頂天になったものだった。

静香は長い髪を後ろで引っ詰め、化粧気もなく服装にも拘《こだわ》らない芸術家タイプで、二十九歳になっても彼氏も作らずジオラマ制作に没頭していた。

家は金持ちらしく、このアトリエも親が作ってくれたものらしい。

そしてこの場所に、かつては淫奇館という建物があったようなのだ。

「淫奇館？　電気館というのは聞いたことがあるけど」

「私の先祖が建てて、大正の震災まではあったというのだけれど、古い写真と記事が残っているだけ」

記事は古い雑誌のコピーで、明治大正の頃に淫奇館という二階建ての見世物小屋《みせものごや》があり、一階の会場では美少女の人間ポンプや手品が行われ、二階は際どい展示物があったという。要するに、エロと猟奇を合わせたような、いかにも大正ロマンの見世物小屋である。

写真も、正面からの洋風の建物が写っているだけだ。

その建物は、天道寺スタジオの二階建てによく似ていたので、この写真を元にここを作ったのだろう。

スタジオの内部は、一階がアトリエで、二階が彼女の住居になっていた。

その淫気館を、静香は模型で内部まで精巧に再現したいらしい。

このジオラマが完成すれば、あちこちの展示場で大正懐古の会を開催するようだ。

よほど静香は大正時代が好きなようで、資料も豊富に揃えられていた。

ジオラマは灯《あか》りも点《つ》くので、正樹は何やら自分が小さくなってこの町を歩いてみたい気分になった。

「今日はここまでにしましょう」

静香が言って作業を終えた。もう外も暗くなっている。

十二月に入り、今年も押し詰まってきた。

正樹は西日暮里《にしにっぽり》のアパートに住んでいた。実家は鎌倉なので、暮れには帰るつもりだが、また親からはそろそろ身を固めろと言われるに違いない。

しかし彼は、こうして学生の延長で静香とジオラマを制作している日々が楽しくて仕方がなかったのである。

「ちょっと二階に来て」

静香が言い、作業用のエプロンを外した。先に階段を上がったので、正樹も後からついていった。ロングスカートから見え隠れする脹《ふく》ら脛《はぎ》が白く、裾《すそ》の巻き起こす風が生ぬるく顔を撫でた。

スラリとした長身なのに胸も尻も豊かで、整った顔立ちと同じぐらい、実に魅惑的な体つきをしていた。学生時代は、それなりに付き合った彼氏もいたようだが、卒業後は特にいないらしい。

正樹の方はずっと彼女もおらず、バイト代を貯めて一回だけ風俗へ行ったが、あまりに無臭で味気ないので病みつきになることはなく、もっぱら妄想オナニーが主流であった。

静香の生活スペースとなっている二階も、資料の整理で何度か上がったことがある。

二部屋あり、書斎と寝室、あとは小さなキッチンとバストイレがあった。

そして階段を上がりきると、静香は彼を寝室に招き、いきなり抱きついてきたのである。

「うわ……」

正樹は驚き、ブラウスの胸に沁《し》み込んだ甘ったるい汗の匂いに朦朧《もうろう》となった。

「疲れたわ。慰《なぐさ》めて……」

静香が言い、彼を胸に抱きすくめたまま、どさりとベッドに倒れ込んだ。

もちろん、こんなことは初めてである。

この半年、正樹は午前十時頃にスタジオに来て、静香の作業を手伝い、コンビニで買い物した昼食を二人で食べ、一階にもあるトイレの便座に頬ずりしたり、彼女の指示通りに制作や掃除をして夕方五時に引き上げる毎日だったのだ。

「さあ脱いで、好きにして……」

静香が、彼の髪を撫でながら言い、メガネを外して枕元に置いた。

「え、ええ……」

正樹は戸惑いながらも身を起こし、唐突な展開に本当に脱ぐべきかどうかモジモジしていたが、激しく股間が突っ張ってしまった。

「もしかして、初めてかしら」

「いえ、ソープに一度だけ……」

「そう、素人童貞だったのね。でも、してみたいことは山ほどあるでしょう？」

彼が正直に答えると、静香は仰向《あおむ》けのままブラウスのボタンを外しはじめた。

正樹も身を起こし、震える指でシャツを脱ぎ、ズボンを下ろして靴下と下着を脱ぎ去り、手早く全裸になってしまった。

すると静香も起き上がってブラウスとロングスカートを脱ぎ、靴下も脱いでブラを取り去ると、白く豊かな乳房が露《あら》わになった。

さらに最後の一枚も脱ぎ去ると、互いに全裸で再び横になった。

甘えるように腕枕してもらうと、彼女も優しく正樹の髪を撫で、自ら乳首を彼の唇に押し付けてきた。

チュッと吸い付いて舌で転がし、夢中で柔らかな膨らみに顔中を押し付けると、心地よい弾力が伝わってきた。

「アア……」

静香が仰向けになって喘ぎ、完全に受け身の体勢を取った。

どうやら、未熟な自分が愛撫をリードしなければならないようだ。不安はあるが、それ以上に欲望が満々なので、正樹も積極的に指を這わせた。

のしかかって左右の乳首を交互に含んで舐《な》め回し、豊かな膨らみを揉みしだき、さらに腕を差し上げて腋《わき》の下にも鼻を埋め込んだ。

スベスベに手入れされた美女の腋はジットリと生ぬるい汗に湿り、嗅ぐと何とも甘ったるい匂いが悩ましく鼻腔を掻《か》き回してきた。

「あう、そんなところ恥ずかしいわ……」

静香がクネクネと悶えて言い、膝を上げて太腿《ふともも》で彼の強《こわ》ばりをグリグリと刺激してきた。

「あう……、い、いきそう……」

正樹は感じて呻《うめ》き、思わずビクリと彼女の腋から顔を離した。何しろ毎晩二回三回と続けてオナニーしているため、すぐにも昇り詰めそうになったのだ。

「まあ、もう？」

静香が驚いたように膝を離して言い、やがて身を起こしてきた。

「いいわ、先に一度出してあげるわ。その方が落ち着くでしょう」

正樹を仰向けにさせて言うと、急に彼も緊張してきた。

枕には静香の甘い匂いが沁み付き、身を投げ出すと彼女は屈み込み、まずは彼の乳首にチュッと吸い付き、熱い息で肌をくすぐりながら舌を這わせた。

「ああ……」

彼はヒクヒクと反応して喘いだ。

「女の子みたいに感じやすいのね」

「どうか、噛《か》んで……」

言うと、静香も綺麗な歯でキュッと乳首を噛んでくれた。

「あう、もっと強く……」

身悶えて言うと彼女も力を込めてくれ、正樹は甘美な刺激に激しく高まった。

静香は左右の乳首を舌と歯で愛撫し、肌を舐め降りていった。そして彼を大股開きにさせて真ん中に腹這うと、何といきなり彼の両脚を浮かせ、オシメでも当てるような格好にさせ、舌先でチロチロと肛門を舐めてくれたのだ。

「あう……！」

綺麗にしてあっただろうかと思ったが、最近は朝風呂に入ってからアパートを出る習慣なので、まず大丈夫だろう。

すると静香は、さらにヌルッと舌を潜り込ませ、内部で蠢《うごめ》かせてきたのだ。

「く……！」

正樹は妖《あや》しい快感に呻き、モグモグと肛門で美女の舌先を締め付けた。

ようやく舌を抜いて脚を下ろすと、静香はそのまま陰嚢《いんのう》を舐め回し、二つの睾丸《こうがん》を転がして袋全体を生温かな唾液にまみれさせてから、屹立《きつりつ》した肉棒を付け根からゆっくり裏側を舐め上げてきたのだった。

先端まで来ると、指で幹を支え、粘液の滲《にじ》む尿道口を舐め、張りつめた亀頭をしゃぶり、スッポリと根元まで呑み込んでいった。

2

「ああ……、い、いきそう……」

生温かく濡れた口腔に根元まで含まれ、正樹は降参するように腰をよじって口走った。静香の熱い鼻息が恥毛をそよがせ、幹を丸く締め付けて吸い付き、口の中ではクチュクチュと舌が蠢いた。

たちまち肉棒は美女の清らかな唾液にどっぷりと浸って震え、急激に絶頂が迫ってきた。

しかし警告を発しても、静香は一向に強烈な愛撫を止めず、さらに顔を上下させ、スポスポと濡れた口で摩擦しはじめたのだ。

どうやら、このまま口の中に漏《も》らしてよいらしい。

(いいんだろうか……)

そう思っても、あまりの快感に彼も思わずズンズンと股間を突き上げてしまった。

「い、いく……、アアーッ……!」

とうとう昇り詰め、彼は喘ぎながら大きな絶頂の快感に全身を貫かれてしまった。

同時に、熱い大量のザーメンがドクンドクンと勢いよくほとばしり、静香の喉の奥を容赦なく直撃した。

「ク……、ンン……」

熱い噴出を受け止めて小さく呻いたが、彼女は濃厚な摩擦と吸引、舌の蠢きを止めなかった。

勢いよく美女の口に射精するのは、何という大きな快感だろう。射精の気持ち良さ以上に、清潔な口に放つ禁断の悦《よろこ》びが大きかった。

彼は肛門を引き締め、何度も脈打つように熱いザーメンをほとばしらせ、そのたびに彼女も上気した頬をすぼめて吸引し、舌で拭《ぬぐ》い取ってくれた。

「ああ……」

ようやく全て出し切ると、正樹は声を洩《も》らしてグッタリと力を抜いた。

すると静香も舌の蠢きと吸引を止め、亀頭を含んだまま口に溜まった大量のザーメンをゴクリと飲み込んでくれた。

「あう……」

嚥下《えんげ》と同時に口腔がキュッと締まり、彼は駄目押しの快感に呻いてピクンと幹を震わせた。

静香も全て飲み干すとスポンと口を離し、なおも余りをしごくように幹を握って動かし、尿道口に膨らむ白濁の雫《しずく》までペロペロと丁寧に舐め取ってくれた。

「く……、どうか、もう……」

正樹は過敏に反応して呻き、降参するように腰をよじった。

静香も舌を引っ込め、指を離して添い寝してきた。

「気持ち良かった？」

「ええ、すごく……」

「休憩したら、さっきの続きをして」

静香が言い、正樹は呼吸を整える前に、すぐにも再び彼女の乳首を吸い、滑《なめ》らかな肌を舐め降りていった。形良い臍《へそ》を舐め、張り詰めた下腹から腰、ムッチリした太腿を舐め降りた。

本当は、早く肝心な部分を見たり舐めたりしたいが、せっかく射精したばかりなのだから、少しでも長く隅々まで憧れの女体を探検したかった。

脚を舐め降りても、静香は拒まず、されるまま仰向けで身を投げ出してくれていた。

丸い膝小僧から滑らかな脛《すね》、足首まで舌でたどると、足裏に回り込んで顔を押し付けた。

踵《かかと》から土踏まずを舐め、形良く揃った指の間に鼻を割り込ませて嗅ぐと、一日中働いていた静香のそこは汗と脂《あぶら》にジットリ湿り、ムレムレの匂いが濃厚に沁み付いて鼻腔を刺激してきた。

（ああ、静香さんの足の匂い……）

正樹は感激と興奮に、すぐにもムクムクとペニスが回復してくるのを覚えた。

充分に嗅いでから爪先にしゃぶり付き、桜色の爪を舐め、全ての指の股にヌルッと舌を潜り込ませて味わった。

「あう……、汚いのに……」

静香が呻き、唾液に濡れた足指でキュッと彼の舌先を挟み付けた。

もう片方の足にもしゃぶり付き、味と匂いが薄れるほど貪《むさぼ》ると、彼は静香の身体をうつ伏せにさせた。

踵からアキレス腱、脹ら脛から太腿から豊かな尻の丸みを舐め上げ、腰から背中をたどると汗の味がした。

ショーツとブラの跡も艶《なま》めかしく、肩までいってセミロングの髪に鼻を埋めて甘い匂いを嗅ぎ、さらに耳の裏も嗅いで舌を這わせた。

そして肩から再び背中を舐め降り、たまに脇腹に寄り道しながら白く豊満な尻に戻ってきた。

うつ伏せのまま股を開かせて真ん中に腹這い、尻に顔を寄せ、指でムッチリした谷間を広げた。まるで巨大な肉マンでも二つにするような感じで、奥には薄桃色の蕾《つぼみ》がひっそり閉じられていた。

細かな襞《ひだ》が揃い、恥じらうようにキュッとつぼまるそれは何とも可憐《かれん》だった。単なる排泄器官が、こんなにも美しい必要があるのかと思えるほどである。

吸い寄せられるように鼻を埋め込むと、顔中に弾力ある双丘が密着し、蕾に籠《こ》もる秘めやかな微香が悩ましく鼻腔を刺激してきた。

正樹は美女の恥ずかしい匂いを貪るように嗅いでから舌を這わせ、自分がされたように細かな襞を舐めてから、ヌルッと潜り込ませた。

「あう……！」

静香が、顔を伏せたまま呻き、キュッと肛門で彼の舌先を締め付けてきた。

正樹は舌を蠢かせ、滑らかな粘膜を探ってから、ようやく顔を上げた。

そして再び静香を仰向けにさせると、片方の脚をくぐって股間に顔を寄せた。

白く滑らかな内腿を舐め上げて割れ目に迫ると、そこから発する熱気と湿り気が顔中を包み込んできた。

見ると、丘に茂る恥毛はふんわりと程よい範囲に煙り、割れ目からはみ出した花びらは蜜を宿《やど》してネットリと潤っていた。

そっと指を当てて陰唇を左右に広げると、微かにクチュッと湿った音がして中身が丸見えになった。

中はピンクの柔肉で、花弁状に襞の入り組む膣口《ちつこう》が妖しく息づき、ポツンとした尿道口も確認できた。そして包皮の下からは小指の先ほどもあるクリトリスが、真珠《しんじゅ》色の光沢を放ってツンと突き立っていた。

もう我慢できず、正樹はギュッと静香の中心部に顔を埋め込んだ。

柔らかな恥毛に鼻を擦りつけて嗅ぐと、隅々に籠もる汗とオシッコの匂いが艶めかしく鼻腔を掻き回してきた。

「いい匂い……」

「あう、恥ずかしいわ。早く入れて……」

嗅ぎながら思わず言うと、静香が羞恥に呻き、内腿でキュッときつく彼の両頬を挟み付けてきた。

正樹は腰を抱えて押さえ、舌を挿《さ》し入れて膣口の襞をクチュクチュ掻き回した。生ぬるいヌメリは淡い酸味を含み、舌の動きを滑らかにさせた。

充分に味わってから柔肉をたどり、クリトリスまで舐め上げていくと、

「アアッ……！」

静香がビクッと顔を仰《の》け反らせて喘ぎ、内腿に激しく力を込めた。

自分の未熟で拙《つたな》い愛撫で、美しい彼女を感じさせていることが嬉しく、彼は激しく勃起して、完全に先ほどの硬さと大きさを取り戻してしまった。

「い、入れて、お願い……」

すっかり高まった静香が声を上ずらせて言い、正樹も充分に味と匂いを堪能してから身を起こしていった。

股間を進めて、急角度にそそり立った幹に指を添えて下向きにさせ、先端を濡れた

割れ目に擦りつけた。ヌメリを与えながら位置を探ると、急に亀頭が落とし穴に嵌《は》まったようにヌルッと潜り込んだ。

「あう、来て、奥まで……」

静香が言い、彼もゆっくり前進すると、何とも心地よい肉襞の摩擦がヌルヌルッと幹を刺激した。根元まで完全に押し込み、ピッタリと股間を密着させると彼女が両手を伸ばしてきたので、正樹も抜けないよう股間を押し付けながら脚を伸ばし、身を重ねていった。

「アア……、嬉しい……」

静香が言い、下から両手でしがみつき、味わうようにキュッキュッと膣内を締め付けてきた。

風俗の時は夢中で分からなかったが、今はじっくり味わうことが出来た。

陰唇を左右に広げるので、膣内も左右に締まると思ったが、中は上下に締まるのも新鮮な発見だった。

「突いて、強く何度も奥まで……」

静香が言い、待ちきれないようにズンズンと股間を突き上げてきた。

正樹もぎこちなく腰を突き動かし、遠慮なく体重を預けた。

胸の下では柔らかな乳房が押し潰《つぶ》れて弾《はず》み、恥毛が擦れ合い、コリコリする恥骨の膨らみまで伝わってきた。

上からピッタリと唇を重ねると、柔らかな感触と唾液の湿り気が感じられた。

「ンンッ……」

静香も熱く呻いて舌をからめてきて、正樹は美女の滑らかな舌と唾液のヌメリを味わいながら、次第にリズミカルに動きはじめていった。溢れる愛液が動きを滑らかにさせ、クチュクチュと淫らに湿った摩擦音が響き渡った。

「ああッ……、い、いきそう……！」

静香が口を離して仰け反り、淫らに唾液の糸を引きながら喘いだ。

開いた口から洩れる息は、鼻から洩れる息よりずっと濃く、花粉のように甘い匂いを含んで鼻腔を刺激してきた。正樹は、美女の吐息を間近に嗅ぎながら腰を遣《つか》い、とうとう心地よい摩擦の中で二度目の絶頂を迎えてしまった。

「く……！」

彼は突き上がる快感に呻き、股間をぶつけるように動かしながら激しく射精した。

「あう、熱いわ……、いく……、アアーッ……！」

噴出を感じた途端、静香もオルガスムスのスイッチが入ったように喘ぎ、ガクガクと狂おしい痙攣《けいれん》を開始した。膣内の収縮も活発になり、彼女は正樹を乗せたままブリッジするように何度も腰を跳ね上げて反り返った。

正樹は心ゆくまで快感を嚙み締め、最後の一滴まで出し尽くしていった。

すっかり満足しながら徐々に動きを弱めていくと、

「ああ……」

静香も満足げに声を洩らし、肌の強ばりを解いてグッタリと身を投げ出した。

彼も動きを止めてもたれかかると、まだ膣内は名残《なごり》惜しげな収縮を繰り返し、刺激されたペニスがヒクヒクと過敏に反応した。

そして正樹は彼女の喘ぐ口に鼻を押し付け、甘い花粉臭の刺激を含んだ息を胸いっぱいに嗅ぎながら、うっとりと快感の余韻に浸り込んでいったのだった……。

3

「じゃ、僕帰りますね」

「ええ、じゃ、また明日ね」

シャワーを借りて身繕《づくろ》いをした正樹が言うと、静香はまだ横になったまま答えた。

よほど満足したらしく、しばらくは起き上がる力が湧かないらしい。

正樹は彼女をそのままに部屋を出ると、階段を下りていった。

一階に下り、玄関のドアから外に出ると、そこは夜の浅草だ。

すっかり日は落ちているが、町は賑やかで明るい。行き交う人も多く、和服の人が多かった。

「え……？」

正樹は町の様子が変なことに気づいて声を洩らした。

正面に見えるのは、何と凌雲閣、浅草十二階ではないか。ついさっき、ジオラマで見たばかりの塔である。

そういえば、通る人たちも背が低く和服ばかりで、たまに洋服がいてもそれはモダンで、どこか現代とは違っていたのである。

左手には池があり、さらには浅草寺の五重塔も見えるが、ライトアップはされていない。

「おう、邪魔だ。どきゃあがれ」

和服に尻端折《しりつぱしよ》りをした男が言って正樹を押しのけ、彼がいま出てきたばかりのスタジオに入っていった。

振り返ると、そこには「淫奇館」の文字。入り口の看板には人間ポンプ、手品に見世物の看板があった。

（まさか、大正時代……？）

正樹は周囲を見回して思ったが、他へ行く場所などないので、とにかく淫奇館の中に入ってみた。

すると中は人が鈴なりで、正面の舞台には赤いチャイナ服を着たお下げの美少女が金魚を何匹も飲み込んでは、客の要望に応じて色分けした金魚をグラスに吐き出していた。

（これが、人間ポンプ……？）

正樹は可憐な美少女に見とれ、そしてフェチックな見世物に胸がときめいた。

さらに美少女は、碁石を飲み込んでは、やはり客の言う通り、白黒の碁石を吐き出してみせた。唾液に濡れた碁石の煌《きら》めきがエロチックで、客たちもやんやの喝采であった。

「ちょっと、あんた。木戸銭《きどせん》は払ったの？　只見《ただみ》じゃないだろうね」

と、彼は声をかけられた。振り向くと、艶《つや》っぽい四十前の和服美女が正樹を見つめていた。どうやら淫奇館の人らしい。

「いえ、あの、僕はわけが分からなくて……」

金を払いたくても、財布にあるのは平成の金だけである。

「ふうん、もしかして……」

彼女は、ブルゾンにスニーカー姿の正樹を見て何か思い当たったようだ。

「清光様《せいこう》が、近々来るかも知れないと言っていた、旅人だね」

「せいこう様……？」

「とにかく金は無いんだね？　でも変わった服を着ているから、多分そうだろう」

彼女は勝手に納得して言い、そのとき大拍手が起こって、舞台の美少女が引き上げていった。

「じゃ、こっちへ来て」

彼女が言って正樹を誘い、脇から通路を通って奥へと行った。

と、そこに舞台を降りてきた美少女がいた。

「果林《かりん》、この人は、清光様が言っていた旅の人だから話を聞いてあげて」

「はい。わあ、変わった服。じゃこっちへ」

果林と呼ばれた少女が正樹を見て言い、さらに奥の部屋へと招き、中年女性は入り口へと戻った。

中は六畳間で、二組の布団が敷かれて卓袱台《ちやぶだい》と火鉢があり、天井には裸電球。

チャイナ服の果林が座布団を出してくれた。

「お名前は？　私は吉井《よしい》果林。今のは母で、真砂子《まさこ》」

「お、大原正樹。ここは、浅草の淫奇館……？」

「そうよ。だから入って来たのでしょう？」

「今は、何年……？」

「何年って、大正六年のこと？」

「そ、そんな……」

「ほら」

果林が言って壁のカレンダーを指した。確かに、大正六年（一九一七年）、丁巳《ひのとみ》と書かれた、十二月のカレンダーが貼られていた。

「ひゃ、百年前……、で、せいこう様っていうのは……？」

「霊感のある人で、ここの地下に住んでいて未来を占うの。清い光と書いて、清光。近々違う世界からの旅人が来ると言っていたわ」

「た、確かに、違う世界だ。それで……？」

「警官に捕まらないように、ここへ匿《かくま》ってあげて珍しい話を聞けって」

「そう……」

確かに百年後の知識は、果林たちにとって興味深いことだろう。

聞くと、果林は十八歳。真砂子は三十九歳だった。どうやら真砂子がここのオーナーらしいから、静香の先祖かも知れない。

「とにかく、その格好じゃダメだわ。もうすぐ閉館の時間だけど、一応着替えて」

果林が言い、箪笥《たんす》から着物を出してくれた。ここは母娘の私室らしい。

「死んだ父のものだけど、これでいいわね」

果林が言い、正樹もブルゾンを脱ぎ、ズボンを脱いだ。ポケットの中にはハンカチとティッシュ、あとは財布と携帯電話だけだが、今は見せない方が良いだろう。

「わあ、そんなの着ているの？　モダンだわ」

果林は、英語の書かれたTシャツと、柄付きのトランクスを見て言い、生地を探るように触れてきた。

お下げに結った黒髪に、大きな瞳、頬の笑窪《えくぼ》と八重歯《やえば》が愛らしい。しかし胸は豊かに膨らみ、裾のスリットから見え隠れする太腿もムッチリと張りがあって健康そうだった。

時代は違っても、とびきりの美少女はいるものだなと正樹は思った。

しかし、タイムスリップしたという実感はまだそれほどなく、夢でも見ているような気分のまま、彼はムクムクと勃起してきてしまった。

「わあ、大きくなってるわ……」

テントを張ったトランクスを見て、果林が言った。

「ね、見てもいいかしら。私まだ何も知らないのだけど、近々お得意さんに身を任せるかも知れないので」

果林が言い、屈託のない笑顔の中に、見世物に出ている悲哀が感じられた。

「うん、好きにしていいよ」

「じゃ、脱いでここに寝て」

正樹が答えると、果林は自分のものらしい片方の布団を指した。

彼もTシャツとトランクス、靴下を脱いで全裸になり、布団に横たわると、枕に沁み付いた果林の匂いが感じられた。

もちろんペニスはピンピンに屹立していた。ついさっき静香を相手に二回射精したのだが、タイムスリップにより精力もリセットされたようで、しかも誰か来るのではないかという不安も感じられなかった。

すると果林も、赤いチャイナ服を脱ぎ去ってしまった。

意外に豊かな処女の乳房が露わになり、さらに彼女は綿の下着、あとで聞くとズロースというものを脱ぎ去り、一糸まとわぬ姿になった。

そして正樹の股を開かせ、真ん中に陣取って腹這い、顔を寄せてきたのだ。

「ああ……」

正樹は、無垢《むく》な熱い視線と息を股間に感じ、羞恥と興奮に小さく喘いだ。

果林も目を凝らし、恐る恐る指で触れて幹を撫で、陰嚢を探って袋をつまみ、肛門の方まで覗き込んできたのだった。

4

「すごいわ。とっても不思議。女と全然違うのね……」

果林が言い、最初はおっかなびっくりだったのが、次第に遠慮なくいじり回して、正樹も無垢な指の動きにヒクヒクと幹を震わせて反応した。

「でも、こんなに太くて大きなものが入るのかしら……」

「そ、それは入るように出来ているからね。果林ちゃんの割れ目も、気持ち良くなると濡れて、入りやすくなるから」

「ええ、確かにいじると濡れることがあるわ」

果林が言う。やはり大正の少女でもオナニーするようだった。

「ね、ここに座って……」

正樹は言い、自分の下腹を指した。あまりいじられていると、呆気なく漏らしてしまいそうだったからだ。

「こう？」

果林は小首を傾《かし》げながらも、ためらいなく言われるままに彼の腹を跨《また》いで座り込んでくれた。尻の丸みと無垢な割れ目が肌に密着し、彼は立てた両膝に果林を寄りかからせた。

「両足を伸ばして、足の裏を僕の顔に」

「いいの？　重くないかしら……」

また果林は、言いながらすぐにも両足を伸ばし、無邪気に足裏を彼の顔に乗せてきたのだ。正樹は、美少女の全体重を受けて陶然《とうぜん》となり、可憐な足裏に舌を這わせはじめた。

「あん、くすぐったいわ……」

果林は声を震わせ、クネクネと腰をよじった。そのたび割れ目が下腹に擦りつけられ、徐々に潤ってくるのが分かった。

正樹は美少女の指の股に鼻を割り込ませ、蒸れた匂いを貪った。

一日中舞台で働いていたと思われる彼女の指の間は、汗と脂にジットリと生ぬるく湿り、ムレムレの匂いが濃厚に沁み付いていた。

夢中で嗅いで鼻腔を刺激され、爪先にしゃぶり付くと、興奮で急角度に勃起したペニスがトントンと果林の腰を叩いた。

「ああッ……！」

果林がくすぐったそうに喘ぎ、さらに腰をくねらせ、潤いを増していった。

「じゃ、前に来て顔に跨がって」

両足の指の股に沁み付いた味と匂いを心ゆくまで堪能してから言うと、彼女も素直に前進してきた。そして彼の顔の左右に両足を置いて、和式トイレスタイルでしゃがみ込んでくれた。

和式トイレといっても、この時代は全てそうだろうから、果林にとっても年中している格好だった。

脚がM字になり、脹ら脛と太腿がはち切れそうにムッチリと張り詰め、ぷっくりした割れ目が鼻先に迫った。そっと指を当てて、はみ出した陰唇を左右に広げると、中は思っていた以上に蜜が溢れ、処女の膣口が息づいていた。クリトリスもツンと突き立ち、恥毛はほんのひとつまみほど淡く煙っているだけだった。

「アア……、恥ずかしいわ。そんなに見ないで……」

果林が、真下からの熱い視線と息を感じて喘ぎ、思わず座り込みそうになるのを懸命に両足を踏ん張って堪《こら》えていた。

もう堪らず、正樹は美少女の腰を抱えて引き寄せ、無垢な割れ目に鼻と口を密着させていった。

柔らかな若草の隅々には、甘ったるい汗の匂いが濃厚に籠もり、それにオシッコの匂いも混じって悩ましく鼻腔を刺激してきた。

嗅ぎながら舌を挿し入れると、淡い酸味のヌメリが迎えてくれた。平成の静香も大正の果林も、やはり同じような味わいであった。

処女の膣口で息づく襞をクチュクチュ掻き回し、ヌメリを味わいながら小粒のクリトリスまで舐め上げると、

「ああッ……、いい気持ち……！」

果林が熱く喘ぎ、ヒクヒクと白い下腹を波打たせせた。そしてとうとうしゃがみ込んでいられず、彼の顔の左右に両膝を突いた。

正樹は恥毛に籠もる可愛らしい匂いを貪りながら愛液をすすり、執拗にチロチロとクリトリスを舐め回した。

「も、もうダメ……、ね、お願い、入れてみたいわ……」

果林が声を上ずらせて言った。当然ながら大人の世界に生きているので、男女の原理などの知識も充分すぎるほど持っているのだろう。今日まで処女でいたことが不思議なくらいであった。

「じゃ、入れる前に僕のを舐めて濡らして。少しでいいから……」

正樹も期待に幹を震わせ、舌を引っ込めて答えた。

そして跨いでいる果林の身を反転させると、彼女も素直に女上位のシックスナインの体勢で屈み込んでいった。

股間に熱い息がかかり、結ったお下げ髪が下腹をくすぐった。

果林は先端にチロリと舌を這わせ、粘液の滲む尿道口を舐めると、そのまま張りつめた亀頭をしゃぶり、スッポリと喉の奥まで呑み込んでいった。

「ああ……」

正樹もゾクゾクするような大きな快感に喘ぎながら、目の前に突き出された白く丸い尻の谷間に鼻を埋め込んだ。

可憐な薄桃色の蕾には、秘めやかな微香が籠もり、嗅ぐたびに悩ましい刺激が鼻腔を掻き回した。

顔中に密着する双丘を味わいながら匂いを貪り、正樹はチロチロと蕾を舐めて濡らし、ヌルッと潜り込ませて粘膜を探った。

「ンン……」

ペニスを咥《くわ》えたまま果林が呻き、熱い鼻息で陰嚢をくすぐった。

そして感じるたびチュッと強く吸い付いて舌を蠢かせ、キュッキュッと肛門で彼の舌先を締め付けた。

正樹が内部で舌を動かすと、果林も次第に大胆に舌をからめ、生温かく清らかな唾液でペニスを浸した。

やがて充分に高まると、正樹は舌を引き離した。

「いいよ、入れてごらん」

言うと、果林もチュパッと口を離して顔を上げ、そろそろと向き直った。

「私が上から……？」

「うん、上の方が自由に動けるし、もし痛かったら止められるからね」

正樹が言うと果林も素直に再び彼の股間に跨がり、自らの唾液に濡れた先端に割れ目を押し当ててきた。そして息を弾ませながら、笑窪の浮かぶ頬を引き締めて、ゆっくり腰を沈み込ませてきた。

張りつめた亀頭が処女膜を丸く押し広げ、膣口に潜り込んだ。

「あう……！」

果林が眉をひそめ、破瓜《はか》の痛みに呻いたが決心は変わらず、そのままヌルヌルッと滑らかに根元まで受け入れていった。

正樹も、肉襞の摩擦と熱いほどの温もり、きつい締め付けで思わず暴発しそうになったが、懸命に肛門を引き締めて堪えた。

何しろ処女が相手なので、今後一生ないかも知れない幸運だから、少しでも長く味わいたかったのだ。

やがて果林はぺたりと彼の股間に座り込み、異物感に膣内を締め付けながら、まるで短い杭《くい》に真下から貫かれたように、上体を反らせて硬直していた。

動かなくても、息づくような収縮に刺激され、狭い内部でヒクヒクと幹が震えた。

正樹は温もりと感触を味わいながら、両手を伸ばして果林を抱き寄せると、彼女もゆっくり身を重ねてきた。

顔を上げて潜り込み、薄桃色の可憐な乳首にチュッと吸い付いて舌で転がすと、顔中に柔らかな膨らみが密着してきた。

やはり処女らしく、柔らかさの中にも硬い弾力が秘められているようだ。

そして汗ばんだ胸元や腋からは、何とも甘ったるく生ぬるい匂いが艶めかしく彼を包み込んだ。

左右の乳首を交互に含んで舐め回し、さらに腋の下にも鼻を潜り込ませていった。

するとそこには和毛《にこげ》が煙り、ミルクのように甘ったるい汗の匂いが濃厚に籠もっていた。

正樹も両手を回してしがみつき、僅かに両膝を立てて尻の感触も味わい、ほのかな汗の味のする果林の首筋を舐め上げながら、唇に迫っていった。

舞台から降りたばかりなので、彼女は薄化粧に口紅も塗っていた。

可憐な唇が開き、滑らかな歯並びと八重歯が覗いて、間からは熱く湿り気ある息が洩れていた。

鼻を押し付けて嗅ぐと、乾いた唾液の匂いに混じり、何とも甘酸っぱい果実のような息が鼻腔を刺激してきた。

胸いっぱいに嗅いで酔いしれてから、唇を重ねて舌を挿し入れた。

滑らかな歯並びを舐め、奥に挿し入れて舌が触れ合うと、

「ンン……」

果林も熱く鼻を鳴らし、チロチロと舌をからみつけてくれた。

美少女の舌は生温かな唾液に濡れて滑らかに蠢き、正樹は唾液と吐息に酔いしれながら、徐々にズンズンと股間を突き上げはじめた。

生温かな愛液は充分すぎるほど溢れているので、最初はきつかったがすぐ滑らかに動けるようになり、彼女も破瓜の痛みは麻痺したように、少しずつ合わせて腰を遣いはじめてくれたのだった。

5

「ああッ……、奥が、熱いわ……」

口を離し、果林が喘ぎながらキュッキュッと締め付けてきた。

「痛くない？」

「最初は少し、でも大丈夫……」

気遣って囁《ささや》くと果林が健気《けなげ》に答え、次第にリズミカルに腰を動かしはじめた。

溢れる愛液が彼の陰嚢から肛門にまで伝い流れ、律動に合わせてピチャクチャと淫らな摩擦音も聞こえてきた。

慣れるのが早いのか、果林はもう痛みもないように激しく動きはじめていた。

「ね、唾《つば》を垂らして。いっぱい飲みたい……」

下から言うと、すぐに彼女も可憐な唇をすぼめ、白っぽく小泡の多い唾液をトロトロと吐き出してくれた。

それを舌に受けて味わい、正樹はうっとりと飲み込んで喉を潤した。

人間ポンプの芸を持っている彼女は唾液の分泌も活発で、実にジューシーな体質のようだ。

まさか胃に入った金魚などは飲みたくないが、彼女本来の体液なら何でも味わってみたかった。

「顔中もヌルヌルにして……」

言うと、果林も息を弾ませながら彼の鼻から額まで舐め上げ、頬や瞼《まぶた》にも舌を這わせてくれた。それは舐めるというより、垂らした唾液を舌で塗り付ける感じで、たちまち彼の顔中は美少女の清らかな唾液でヌルヌルにまみれた。

「ああ……、いきそう……」

正樹は、唾液と吐息の甘酸っぱい匂いに包まれながら喘ぎ、肉襞の摩擦の中で急激に高まっていった。そして突き上げを激しくさせると、果林も懸命に動きを合わせ、新たな蜜を漏らした。

「い、いく……！」

とうとう昇り詰め、正樹は口走りながら大きな快感に全身を包まれてしまった。同時に、熱い大量のザーメンがドクンドクンと勢いよくほとばしり、美少女の奥深い部分を直撃した。

「あう！　熱いわ……」

噴出を感じた果林が言い、飲み込むようにキュッキュッときつく締め付けてきた。

まだオルガスムスには程遠いだろうが、この初体験でもすぐに痛みを克服したし、今も彼の絶頂が伝わっているように身を震わせているので、いくらも経たないうち本格的な快感を得ることだろう。

正樹は股間を突き上げながら快感を噛み締め、心置きなく最後の一滴まで出し尽くしてしまった。

満足しながら徐々に動きを弱め、力を抜いていくと、

「ああ……」

果林も声を洩らし、グッタリともたれかかって遠慮なく体重を預けてきた。

まだ続いている締め付けに刺激され、射精直後で過敏になったペニスは内部でヒクヒクと跳ね上がった。

そして彼は、覆いかぶさる美少女の喘ぐ口に鼻を押し込み、甘酸っぱい果実臭の息を胸いっぱいに嗅ぎながら、うっとりと快感の余韻を味わったのだった。

「大丈夫……」

「ええ……、嬉しい……」

聞くと、果林も呼吸を整えながら小さく答えた。

しかし正樹は激情が過ぎると、ずいぶん多くの贔屓《ひいき》客もいるだろうに、突然現れた自分などが果林の処女を散らして良かったのだろうかと思った。

「清光様が言った通り……」

「え？　僕と交わることが……？」

どうやら地下に棲《す》む清光は、予知能力があるのかも知れない。その予言があるから果林もすんなり彼と初体験してしまったのだろう。

やがて果林が身を起こし、そろそろと股間を引き離して横になった。

チリ紙はあるが硬そうなので、正樹はズボンのポケットからティッシュを出して手早くペニスを拭い、彼女の股間に顔を寄せた。

陰唇が痛々しくめくれ、膣口から逆流するザーメンにうっすらと血の糸が走っているが、それほど多い出血ではなく、すでに止まっていた。

優しく拭ってやると、ようやく彼女も起き上がって身繕いをした。もうチャイナ服ではなく、地味なブラウスとスカートで、年相応の少女に戻った。

「そろそろ閉館だわ」

果林が言うと、確かに外がざわつき、客たちが帰っているようだった。

「ね、あとで二階にも上がってみたいのだけど」

「いいわ。お母さんが案内してくれるから。でも地下だけは絶対に入ってはダメ」

「うん、分かった……」

きっぱり言われて、正樹も頷《うなず》いて着物を着た。どうやら、しばらくは清光との対面は出来ないようだった。

この淫奇館は、一階は舞台と客席、そしてトイレ、その他は母娘の住居だけのようだ。二階は展示物と聞いているので、彼も細部まで見ておきたかった。

もし平成に戻れたなら、静香が制作しているジオラマの大いなる参考になることだろう。

外が静かになったので、果林が部屋を出た。正樹もついていくと、真砂子が戸締まりをし、すぐに果林が客席の掃除をした。

正樹も手伝い、やがて灯りを消すと、三人は部屋に戻り、温めた味噌汁と冷や飯、干物と漬け物で質素な夕食を済ませた。

ごく普通の飯と漬け物なのに、やけに旨《うま》く感じられたものだ。

食事しながらも、真砂子は特に正樹に名前と年齢以外は訊《き》いてこなかった。よほど清光の神託を信頼しているのだろう。

そして果林もごく普通に振る舞っているので、初体験を済ませたことも気づかれなかったようだ。いや、あるいは真砂子も、彼が果林と交わるという神託を聞いていて、すでに察しているのかも知れない。

「じゃ、二階を見せてあげましょう」

真砂子が言って立ち上がり、正樹もついていった。果林は洗い物をして、先に寝るようだ。確かにテレビもラジオもなく、一日舞台に立って疲れているので、夜は寝るだけなのだろう。

階段を上がると、途中の壁にはビールや洋酒のポスターが貼られ、正樹から見ればレトロだが、この時代ではごく普通の絵柄のようだ。

二階に行くと、壁には多くの絵が飾られ、片隅には覗きからくり、水の張られた樽の中には作り物の河童《かっぱ》の頭が見えていた。

「この絵は？」

正樹は、ガラスに描かれた半裸の美女の絵を指して訊いた。

「スイッチを入れると灯りが点いて、こうなるの」

「うわ……！」

内側から灯りが点くと、半裸の美女の顔や肌が一変し、病魔に犯されて醜怪《しゅうかい》な様相になった。なるほど、エロとグロが渾然《こんぜん》一体となり、性病の恐ろしさなども学べるのだろう。

覗きからくりは番町皿屋敷だったが、お菊さんも色っぽい美女で描かれており、他の絵もチラリズムの艶めかしいものが多かった。

中に、着物を乱して縛《しば》られ、木から吊されて髪をおどろにした美女の絵があった。絵師は伊藤晴雨《いとうせいう》とあり、正樹も見覚えがあった。どうやらこの時代の人で、こうした緊縛絵も淫奇館に寄贈しているようだった。

ざっと見て回ると気が済み、さらに天井の細工や照明なども記憶に刻むと、やがて真砂子が促して灯りを消した。

階段を下りて一階へ行くと、彼女は客席や舞台、楽屋なども案内してくれた。

客席は五十席ぐらいか。今は舞台にしか灯りを点けていないので、会場は暗い。

すると真砂子が、舞台に座布団を並べて敷き詰めはじめたのだ。

「さあ、ここでしましょう」

「え……？」

真砂子が言い、シュルシュルと手早く帯を解きはじめ、正樹も戸惑いながら股間が熱くなってきてしまった。

もう果林は部屋で寝たようだし、もしトイレに立ってもこっちの舞台の方には来ないだろう。

着物を脱ぐと、みるみる美しい後家の白い熟れ肌が露わになってゆき、内に籠もっていた甘ったるい匂いが生ぬるく漂ってきた。

正樹も借りた着物を脱ぎ、下着も取り去って全裸になると、並べた座布団に横になった。暗い客席の前で、誰も分かっていないと知りつつ、何やら多くの人に見られているような気がしたものだ。

真砂子も一糸まとわぬ姿になって、優雅な仕草で添い寝してきた。滑らかな熟れ肌は透けるように白く、実に艶めかしい巨乳をしていた。

まさか、タイムスリップしたその日に、可憐な美少女の処女を奪い、続けてその母親とすることになるとは、まさにここは淫らの館なのかも知れないと思った。

「果林はどうだった？　美味《おい》しかった？」

「い、いえ……」

やはり真砂子は知っていたようだが、正樹は何と答えて良いか分からず、しかも目の前の美熟女に心を奪われていった。

「さあ、何でも好きなようにして……」

真砂子が言って身を投げ出してきた。これも清光という予言者のご神託なのかも知れないが、とにかく正樹も興奮を高め、息づく巨乳に顔を埋めていった。

第二章　淫ら美熟女の熱き愛液

1

「ああ……、いい気持ちよ……」

正樹が乳首を含んで舐め回すと、真砂子がうねうねと身悶えて喘いだ。

彼は目の前いっぱいに広がる豊かな膨らみに顔中を押し付け、柔らかな感触を味わいながら夢中で吸い付いた。

乳首はコリコリと硬く突き立ち、彼は舌で弾《はじ》くように舐めてから、もう片方にも移動して含んだ。

真砂子の夫がどれぐらい前に死んだか分からないが、とにかく久々の男らしく、彼女は少しもじっとしていられないように激しく身悶えていた。

正樹は両の乳首を充分に舐め回し、さらに腋の下にも鼻を埋め込んでいった。色っぽい腋毛に鼻を擦りつけると、柔らかな感触とともに濃厚に甘ったるい汗の匂いが鼻腔を刺激してきた。

彼は胸いっぱいに嗅いでから、滑らかな肌を舐め降り、形良い臍を舐め、腰からムッチリした太腿に降りていった。

「アア……、どうか、早く入れて……」

真砂子が焦れたように言ったが、脚を舐め降りても拒みはしなかった。

やはり彼女の常識では、男はすぐにも挿入するものと思っているのかも知れない。

脛にはまばらな体毛があり、これも新鮮な興奮であった。

足首まで舐め降りて足裏に回り、舌を這わせて汗と脂に生ぬるく湿った指の股に鼻を割り込ませると、やはり淫奇館を仕切って一日中忙しかった彼女は、果林以上に蒸れた匂いを濃厚に籠もらせていた。

正樹は美女の足の匂いを貪ってから爪先にしゃぶり付き、全ての指の間にヌルッと舌を挿し入れて味わった。

「あう、汚いわ……」

真砂子は驚いたように呻き、ビクリと反応して足指を縮めた。

正樹は両足とも味と匂いを貪り尽くすと、やがて股を開かせ、脚の内側を舐め上げていった。

ムッチリした内腿を舐め上げると、熱気と湿り気を発する割れ目が迫った。

見ると、ふっくらした股間の丘には黒々と艶のある恥毛が密集し、肉づきが良く丸みを帯びた割れ目からはみ出した陰唇は、大量の愛液を宿して内腿との間に糸まで引いていた。

指を当てて陰唇を広げると、かつて果林の産まれ出てきた膣口が襞を入り組ませて妖しく息づき、尿道口もはっきり観察できた。

クリトリスは果林よりずっと大きめで、光沢を放ってツンと突き立ち、もう我慢できず正樹は顔を埋め込んでいった。

柔らかな茂みに鼻を擦りつけて嗅ぐと、汗とオシッコの混じった匂いが濃く籠もって、妖しく鼻腔を満たしてきた。舌を挿し入れると、やはり淡い酸味のヌメリが感じられ、彼は膣口を掻き回してからクリトリスまで舐め上げていった。

「アアッ……、いい気持ち……！」

真砂子がビクッと顔を仰け反らせて喘ぎ、量感ある内腿でキュッときつく彼の両頰を挟み付けてきた。

正樹は豊満な腰を抱え込み、チロチロとクリトリスを舐め、味と匂いを心ゆくまで堪能した。さらに彼女の両脚を浮かせ、逆ハート型の豊かな尻の谷間に潜り込み、キュッと閉じられたピンクの蕾にも鼻を埋め込んで嗅いだ。

生々しい匂いが鼻腔を刺激し、彼は美女の匂いを貪ってから舌を這わせて襞を濡らし、ヌルッと潜り込ませて粘膜を味わった。

「あう！　嘘……、そんなところまで……」

真砂子が、また驚いたように言って呻き、キュッと肛門で舌先を締め付けた。

彼は舌を出し入れさせるように動かしてから引き抜き、左手の人差し指をヌルッと潜り込ませて脚を下ろした。

そして再び割れ目に戻って大量のヌメリを舐め取り、今度は右手の指二本を膣口に潜り込ませ、クリトリスに吸い付いた。

「く……、変な気持ち……」

真砂子が、前後の穴でそれぞれの指をモグモグと締め付けながら呻いた。

正樹が左右の指で内壁を小刻みに擦りながらクリトリスを愛撫すると、最も感じる三点責めで次第に真砂子もガクガクと激しく身を震わせはじめた。

「い、いきそう……、もう堪忍……」

絶頂を迫らせた真砂子が声を上ずらせ、狂おしく腰をよじって嫌々をした。

ようやく正樹も舌を引っ込め、前後の穴からヌルッと指を引き抜いてやった。

指は攪拌《かくはん》されて白っぽく濁った愛液にまみれて湯気を立て、二本の指の間は膜が張るようだった。

指の腹は湯上がりのようにふやけてシワになり、肛門に入っていた指に汚れはなく爪に曇りもないが、微香が感じられた。

真砂子は身を投げ出して熱く喘いでいるので、起きる力はなさそうだった。

正樹は彼女の胸に跨がり、巨乳の谷間でペニスを挟んでもらい、さらに股間を突き出して前屈みになった。

すると真砂子も顔を上げて先端を舐め回し、パクッと亀頭を咥えるとモグモグと根元まで呑み込んでくれた。

深々と押し込んで前に手を突くと、彼女は熱い鼻息で恥毛をくすぐりながら唇を締め付けて吸い、クチュクチュと舌をからめてきた。

「ああ、気持ちいい……」

正樹は快感に喘ぎ、唾液に濡れたペニスを彼女の口の中でヒクヒクと震わせた。

そして充分に高まると、彼はヌルッと引き抜いて真砂子の股間に戻った。

両脚を浮かせて股間を進め、唾液に濡れた先端を、愛液が大洪水になっている割れ目に押し付け、ゆっくりと膣口に押し込んでいった。

ヌルヌルッと根元まで潜り込ませると、何とも心地よい肉襞の摩擦が幹を刺激し、熱く濡れた柔肉がキュッと締め付けてきた。

「アアッ……！　奥まで届くわ……」

真砂子は顔を仰け反らせて喘ぎ、ようやく挿入されて安心したようだった。

正樹は何度か出し入れさせて感触を味わい、やがて身を重ねていった。

胸で巨乳を押しつぶすと、彼女も両手を回して下からしがみついてきた。

そして待ちきれないとばかりに、真砂子がズンズンと股間を突き上げてきたのだ。

正樹も合わせて腰を突き動かしながら、上から唇を重ねていった。

「ンン……」

真砂子が熱く呻き、自分から舌を挿し入れてチロチロと蠢かせた。

生温かな唾液に濡れた舌は長く、滑らかにからみついてきた。

腰の動きも、いったん快感に包まれると止まらなくなり、いつしか彼も股間をぶつけるように激しいピストン運動を開始していた。

湿った摩擦音が響き、大量の愛液が動きを滑らかにさせた。

果林も愛液が多い方だと思ったが、それは母親譲りだったようだ。

「ああ……、い、いきそう……」

真砂子が口を離して喘いだ。開いた口に鼻を押し付けて嗅ぐと、熱く湿り気ある甘い匂いが鼻腔を刺激してきた。それは白粉《おしろい》のような匂いで、これが熟女の匂いなのだと思った。

嗅ぐたびに胸いっぱいに芳香が広がり、その刺激がペニスに伝わっていった。

「い、いっちゃう……、気持ちいいわ、アアーッ……！」

たちまち真砂子が声を上げ、腰を跳ね上げながらガクガクと狂おしいオルガスムスの痙攣を開始した。艶めかしい膣内の収縮も最高潮になり、続いて正樹も、彼女の絶頂に巻き込まれるように激しく昇り詰めてしまった。

「く……！」

突き上がる快感に短く呻き、彼はありったけの熱いザーメンをドクンドクンと勢いよく柔肉の奥にほとばしらせた。

「あう、熱いわ、もっと……」

噴出を受け止めた真砂子が駄目押しの快感を得たように呻き、さらにキュッキュッときつく締め付けてきた。

正樹は心ゆくまで快感を味わいながら動き、最後の一滴まで出し尽くした。

ようやく満足しながら徐々に動きを弱めてゆき、やがて力を抜いて熟れ肌に身を預けていった。

「ああ、こんなに良かったの初めて……」

真砂子も満足げに声を洩らし、熟れ肌の硬直を解いてグッタリと身を投げ出した。

息づく肌に体重を預けると、彼女の呼吸とともに正樹の身体も上下した。まだ膣内は名残惜しげな収縮を繰り返し、刺激されたペニスがヒクヒクと過敏に内部で跳ね上がった。

「あう……、まだ動いているわ……」

彼女も内部が敏感になっているように呻き、さらにキュッキュッときつく締め付けてきた。

正樹はもたれかかりながら、真砂子の喘ぐ口に鼻を押し付け、熱く甘い息を嗅ぎながら、うっとりと快感の余韻を嚙み締めたのだった。

平成の静香を合わせれば、日に三人もの美女と肌を重ねたことになる。しかも静香には口にも出しているので、合計四回の射精だ。

正樹にとって今日は、大きな運命の日だったようだ。

と、暗い客席の後ろの方に何か人影が見えた。

清光が地下から上がって見ていたのだろうかと思い目を凝らしたが、闇に紛れて判然としなかった。

起き上がって、そろそろと股間を引き離すと、真砂子が脱いだ着物の袂《たもと》からチリ紙を出して股間に当てた。そして割れ目を拭い、正樹も紙をもらって自分でペニスを拭き清めた。

「じゃ、楽屋に寝てちょうだい」

身を起こした真砂子が手早く身繕いをして言った。やはり母娘の部屋で三人寝るのは狭いし、楽屋には仮眠用の布団もある。

やがて真砂子が舞台の灯りを消して部屋に戻り、正樹は客席を確認したが誰もおらず、やはり錯覚だったのだろうと思い楽屋に入った。

畳敷きの楽屋の隅に畳まれていた布団を広げ、正樹は着物を脱いで横になった。

部屋の隅の金魚鉢には、果林が飲み込むための色とりどりの金魚が泳いでいた。

他にも舞台衣装が多く吊され、手品用品なども並んでいた。

(これから、どうなるんだろう。現代に戻れるのかな……)

正樹は思ったが、さすがに疲れたのか、すぐにも深い眠りに落ちていった……。

「ああ、むーさん。正樹君をお湯屋《ゆや》へ案内してあげて」

2

翌朝、正樹が起きて裏の井戸端で顔を洗い歯を磨き、母娘と朝食を済ませると、真砂子がちょうど来た手品師に言った。

むーさんと呼ばれた六十年配の太った男は、丸坊主に丸メガネ。近所の長屋に住んでいるらしいが、金と家と女がないから「無三《むーさん》」と号しているようだった。経歴は不明だが、軽口を交えた手品は評判が良いらしい。

真砂子が無三に小銭を渡し、二人に手拭いを出してくれた。

「ああ、いいよ。じゃ行こうか」

「はい、大原正樹と言います」

言われて、正樹も着流しに下駄を突っかけて淫奇館を出た。

朝だが浅草は人通りが多く、良く晴れた冬の陽射しに浅草十二階が聳《そび》え立っていた。

銭湯は近くにあり、入ると無三が二人分を払ってくれた。見ると入湯料は大人一人四銭らしい。

「淫奇館の居候《いそうろう》かい？」

「はい、ここらは初めてなもので……」

着物を脱ぎながら無三が言い、正樹も答えた。浅草は知っているが、この時代の町は全く知らないのである。

「淫奇館というのは……？」

全裸になって身体を流し、湯に浸かりながら訊いてみた。

「ああ、真砂子さんの死んだ亭主が建てたものだよ。日露戦役で大怪我をして帰国して寝たきりだったが、死んでからもう十年になるか。果林ちゃんが小さかったから再婚もせず頑張ってるよ」

無三は気さくに答えてくれた。

「とにかく今は平和だよ。浅草も発展していくし」

「ええ、でも大地震には気をつけないと……」

「ああ、六年後の大震災だろう？」

「え……？」

無三の言葉に、正樹は思わず聞き返した。

「そ、それって、もしかして清光様の」

「ああ、予言だよ」

「どんな人なんですか……」

「会わせてくれるかどうかは真砂子さんが決めることだ。わしからは何も言えん。恐ろしいから関わらん方がいいよ。わしも会ったことはないし、会えるのはあの母娘だけじゃないかな」

してみると母娘の吉井家がオーナーであり、清光も守り神のような扱いをされている居候なのかも知れない。

そして清光の話は、それで終わりになった。

やがて湯から上がって身体と髪を洗い、もう一度湯に浸かった。現代では正樹は小柄なほうだったが、この時代ではごく標準である。

身体を拭いて脱衣場に戻ると、正樹は借りた越中《えっちゅう》褌《ふんどし》をぎこちなく締め、襦袢《じゅばん》と着物を着て帯を締めた。

「なんだ、蝶結びかい。帯はこんなふうに小粋《こいき》に締めないとな」

見かねたように無三が、きっちりと帯を締めて結んでくれた。

「済みません」

「なんか、この世のもんじゃないように浮き世離れした男だね」

無三が言い、正樹は曖昧《あいまい》に笑いながら二人で銭湯を出た。

「少し界隈を歩いてみたいんですけど」

「ああ、でも良い若い者がブラブラしてると刑事に尋問されるぞ。わしもこれから仕事の仕度があるし」

無三が言う。二人で淫奇館の方へ歩いて行くと、ちょうど館から妙齢《みようれい》の婦人が出てきた。

洋装で長い黒髪を結い、何とも華《はな》やかな雰囲気のある二十代半ばの美人だ。

「あ、千恵子《ちえこ》様。ちょうど良かった。この青年を連れ回してくれませんか」

「まあ、むー様。この方は？」

無三が言うと、彼女も上品な笑みを浮かべて正樹を見た。

「大原正樹と申します。淫奇館の居候ですが」

「まあ、そうなの。この界隈では見かけない品のあるお顔だわ。構いません。では俥《くるま》を拾わず歩くことに致しましょう。私は高松《たかまつ》千恵子」

彼女が言い、正樹も無三より美女と歩けることが嬉しかった。

「こちらは高松子爵《ししやく》の若奥様だ。粗相《そそう》の無いようにな。では千恵子さんにあちこち案内してもらっていると、真砂子さんに伝えておく」

無三はそう言い、淫奇館に入っていった。

「あの、千恵子様は淫奇館のお知り合いですか？」

正樹も、無三が言ったように様付けで呼んで訊いた。

「真砂子先生は、尋常《じんじょう》小学校の恩師なんですの」

「へえ……、真砂子さんが元教師……」

「ええ、結婚するまでずっと。綺麗で、厳しくも優しい先生でした。今日は鎌倉のお土産《みやげ》を持って訪ねた帰りですの」

「か、鎌倉って、僕も鎌倉ですが」

「まあ、そうなの。私の実家が二階堂にあるので先日帰り、お土産に豊島屋の鳩三郎《はとさぶろう》を真砂子先生に」

鳩三郎とは、どうやら鳩サブレーの俗称らしい。

「そうでしたか。僕は由比ヶ浜です」

正樹は答え、急に千恵子に親しみが湧いてきた。

話すと、彼女は正樹より三つ下の二十五歳。しかし、やはりこの時代の人は実年齢よりも、ずっと大人びて見えるものだ。化粧と香水の匂いに混じり、彼女本来の体臭だろうか、甘ったるい匂いが上品に漂い、刺激が彼の鼻腔から股間に響いてきた。

「じゃ東京へ来て間もないのね。凌雲閣、昇ってみます？」

「ええ、是非」

千恵子に言われ、昇ってみたいと思っていた正樹も喜んで頷いた。

歩いて行くと、十二階の周囲は薄暗い売春窟があり、華やかな塔とは裏腹の雰囲気があった。

すると、そこで二人は声をかけられた。

「おう、そこの若い二人。朝っぱらから何やっとるか」

振り返ると、和服を端折《はしょ》って股引《ももひき》を見せ、ハンチングを被った貧相な小男である。

どうやら無三が言っていた取り締まりの刑事らしいが、どう見ても江戸の下っ引きが和洋折衷の格好になった感じだった。

「私は高松子爵の嫁です。国から来た遠縁のものを案内していますが不都合がおありでしょうか。警視総監も存じ寄りですが」

「そ、それは失礼を……。誤解を受けるので、どうかもう少し離れてお歩きを」

千恵子が凜《りん》とした声で言うと、刑事は途端に態度を改め、ペコペコ頭を下げながら足早に立ち去ってしまった。

それを見送り、顔を見合わせて苦笑し、二人は十二階に行った。

凌雲閣、浅草十二階は千束《せんぞく》にあり、高さ二二〇尺（六六・七メートル）。入場料は八銭。十階までがレンガ作りで、上の二階のみ木造。二階から七階が土産物屋、八階は休憩室、その上が眺望室になっていた。

階段を上がって入り口で彼女が二人分の金を払った。

「上りはエレベーターを使って、帰りに階段を下りてきましょう」

「ええ、分かりました」

正樹は答え、一緒に日本初のエレベーターに乗った。

凌雲閣が完成した明治二十三年（一八九〇年）からエレベーターはあったが、故障が多くて長く閉鎖しており、そして三年前から復活していた。

ギシギシいって大丈夫かなと思ったが、考えてみれば関東大震災で半壊するまでは無事に建っていたのだ。

十階まで上がり、あとは階段を上って展望室に行った。

「良いお天気で眺めがいいわ。私、上ったのは二回目」

千恵子が景色を見ながら言う。正樹も、眺望に目を奪われた。何しろこの時代で最も高い建物である。出来たばかりの国技館の方だろうか、色とりどりの幟《のぼり》が見え、浅草寺の五重塔や、遠くは富士山までよく見えていた。

売店で望遠鏡を借りて一通り景色を見ると、みかん水を飲んで、二人は階段を下りはじめた。景色だけで、東京案内が全て済んだようなものである。

階段脇の壁一面には、東京百美人と称し、多くの人気芸者の写真が飾られていた。千恵子が疲れると、途中の土産物屋に立ち寄ったが、雷《かみなり》おこしとか木製の置物などが主で特に珍しいものはなかった。

やがて凌雲閣を出ると、すっかり正樹と打ち解けた千恵子は、何と彼を待合《まちあい》へと誘ってきたのである。

3

「そこで少し休みましょう」

裏道に入ると、千恵子が一軒の旅館を指して言い、正樹も一緒に入って行った。

華族の嫁だが、彼女は好奇心旺盛で、こうした場所も知っていたのだろう。

初老の仲居《なかい》に二階の部屋へ案内されると、もう誰も来ない密室となった。

「初めてよ。こうなっているのね……」

千恵子にとっても冒険であり、緊張気味にしながら室内を見回して言った。

部屋は畳敷きで風流な丸窓があり、床が敷き延べられ、二つ枕が並び、枕元には桜紙も備えられていた。

「不思議な気持ちだわ。正樹さんは、何だかここに居て居ないような雰囲気があって、夢でも見ているような気分。夢だから、何でも好き勝手できそう……」

千恵子が彼を見つめて言い、大胆にも自分からドレスを脱ぎはじめたのである。

彼女も元は東京生まれだったが、身体の弱い母親を療養させるため、代議士の父親が鎌倉に転居したらしい。

子爵である夫とは父親同士が知り合いで、千恵子もそれなりの家柄だった。

しかし彼女は好奇心旺盛で、奔放な性格のようである。

「夫とは一回りも違うの。子が出来てからは、仕事ばかりでちっとも構ってくれませんのよ」

千恵子が脱ぎながら言う。どうやら子持ちらしい。しかし屋敷には乳母もいて、赤ん坊を任せて勝手に歩き回れるようだ。

正樹も股間を熱くさせながら、着物を脱いでしまった。

布団に横たわって待つと、千恵子もハイカラな下着を全て脱ぎ去り、目を輝かせて添い寝してきた。

甘えるように腕枕してもらうと、さらに甘ったるい匂いが濃厚に漂った。

形良い乳房を見ると、濃く色づいた乳首にポツンと白濁の雫が浮かんでいた。どうやら最初から感じていた甘ったるい匂いは、母乳だったたようだ。

正樹はさらに興奮を高め、嬉々として乳首に吸い付いた。

「あん……、赤ちゃんみたいに強く吸うのね……」

千恵子が緊張と興奮に声を震わせて言い、正樹も夢中で雫を舐め取り、さらに吸い出した。

口で乳首の芯を強く挟むように吸うと、生ぬるく薄甘い母乳が分泌され、要領を得た彼は懸命に吸い出して舌を濡らし、うっとりと喉を潤した。

「飲んで下さるの？　いい子ね。もっと出してあげる……」

年下なのに、お姉さんのような口調で千恵子は言い、自ら張りのある膨らみを揉みしだいて分泌を促してくれた。

彼が美人妻の母乳を飲んでいると、心なしか張りが和《やわ》らいできたように感じられ、もう片方の乳首に吸い付いていった。

「ああ……、いい気持ち……」

仰向けの受け身体勢になった千恵子が熱く喘ぎ、呼吸を弾ませはじめた。

正樹も充分に吸ってから、彼女の腋の下に鼻を埋め込み、ジットリ湿った汗の匂いを貪った。

彼女の腋は手入れされてスベスベだった。あるいはノースリーブのドレスでダンスパーティなどに出ることがあるからかも知れない。

正樹が子爵の若妻の体臭で鼻腔を満たして舌を這わせると、

「ダメよ、くすぐったいわ……」

身を投げ出していた千恵子が言い、ビクリと弾かれるように身を起こしてきた。

「ね、お願いがあるんですけど……」

「なあに、言ってごらんなさい」

正樹が仰向けになって言うと、千恵子も好奇心を前面に出して答えた。

「ここに立って下さい……」

顔の横を指して言うと、すぐにも千恵子は抜けかけた力を振り絞るように立ち上がった。

「足を顔に乗せて下さい……」

「まあ、そんなことをしてほしいの？」

千恵子は言いながらも壁に手を突いて身体を支え、片方の足を浮かせてきた。

「こう……？　まるで菩薩《ぼさつ》に踏まれる邪鬼《じゃき》のようだわ。女に踏まれて嫌じゃないの？」

彼女は言い、そっと足裏を正樹の顔に乗せた。男に踏まれたら死ぬほど嫌だが、美女だから嬉しくて、彼は激しい興奮に勃起したペニスを震わせた。

そして足裏に舌を這わせ、細く形良い足指に鼻を埋めて嗅いだ。

華族の若奥様でも、そこは汗と脂に湿り、蒸れた匂いが沁み付いていた。

爪先にしゃぶり付き、順々に指の間に舌を割り込ませて味わうと、

「アア……、変な気持ち、くすぐったくて……」

千恵子が指を縮めて喘いだ。

腋のように、くすぐったいのを嫌がる様子はなく、むしろ下男にでも足をしゃぶらせているような快感に浸っているのかも知れない。

正樹は足を交代してもらい、そちらも味と匂いが薄れるまで貪り尽くした。

「どうか、跨いでしゃがんで下さい……」

言うと千恵子もそろそろと跨いで彼の顔の左右に足を置き、ゆっくりとしゃがみ込んできた。

脚がM字になると、ほっそりした長い脚がムッチリと張り詰め、すでに濡れている

割れ目が鼻先に迫ってきた。

「ああ……、恥ずかしいわ。こんなことをさせるなんて……」

千恵子はトイレに入った格好で喘ぎ、正樹の視線と息を感じたように割れ目を震わせた。

そっと指を当てて陰唇を広げると、中は綺麗なピンクの柔肉。濡れた襞が息づき、真珠色のクリトリスも包皮の下から顔を覗かせていた。

腰を抱えて引き寄せ、楚々《そそ》とした恥毛に鼻を埋めて嗅ぐと、腋に似た甘ったるい汗の匂いが生ぬるく籠もり、それにオシッコの匂いと、大量の愛液による生臭い成分も混じって鼻腔を刺激してきた。

舌を挿し入れて掻き回すと、淡い酸味のヌメリが動きを滑らかにさせた。

「アア……、そんなところを、犬みたいに舐めるなんて……」

千恵子が息を弾ませて喘ぎ、白い下腹をヒクヒクと波打たせた。どうやら子爵の夫は、妻の股間を舐めたりしないらしい。

正樹は美女の匂いを嗅ぎながら、膣口からクリトリスまで舐め上げていった。

「あぁッ……、な、何ていい気持ち……！」

千恵子が喘ぎながら柔肉を息づかせ、今にも座り込みそうになって懸命に両足を踏ん張った。クリトリスを舐めるたびに彼女が反応し、新たな愛液がトロトロと滴《したた》ってきた。

正樹は白く形良い尻の真下にも潜り込み、顔中にひんやりした双丘を受け止めながら、谷間の可憐な蕾に鼻を埋め、悩ましい微香を嗅いだ。

この時代はシャワートイレなどないから、見世物小屋の少女も華族の奥様も、入浴直後でもない限り、みな生々しい匂いを正直に籠もらせているのだった。

充分に嗅いでから舌を這わせて襞を濡らし、ヌルッと潜り込ませて滑らかな粘膜を探ると、

「あう……、ダメよ、そんなこと……」

千恵子が驚いて呻き、キュッと肛門できつく舌先を締め付けてきた。

正樹は味わってから舌を離し、再び大洪水になっている割れ目のヌメリをすすり、クリトリスに吸い付いていった。

さらに膣口に指を挿し入れ、小刻みに内壁を擦り、天井の膨らみも指の腹で圧迫してやった。

「く……、も、漏らしてしまいそう……」

刺激され、トイレの体勢を取っているので尿意を催《もよお》したか、千恵子は息を詰めて

言った。

「いいですよ、漏らして下さい」

正樹は言い、なおもクリトリスを吸って指を蠢かせた。以前から美女から出るものを飲んでみたかったので、期待と興奮に激しく胸がときめいた。

「アア……、ダメよ、出ちゃう……」

彼女は朦朧としたまま喘ぎ、とうとう温かな流れをチョロリと漏らしてしまった。

指を引き抜いて夢中で口に受け、喉に流し込んだが味も匂いも淡いもので、何の抵抗もなく飲み込めるのが嬉しかった。

「ああ……、信じられない……」

千恵子は声を震わせながら、ゆるゆると放尿を続けたが、一瞬勢いが増しただけであまり溜まっていなかったのか、すぐ流れは治まってしまった。

だから彼も布団を濡らすことなく、飲み干すことが出来た。

なおも彼は残り香の中で余りの雫をすすり、舌を挿し入れて掻き回すと、新たな愛液が溢れて残尿が洗い流され、すぐにも淡い酸味のヌメリが満ち溢れていった。

「も、もう堪忍……」

絶頂が迫ったか、千恵子が言ってビクッと股間を引き離した。

「じゃ、今度は僕のこれを可愛がって下さい」

正樹は言い、仰向けのまま彼女の顔を股間へと押しやった。

千恵子もノロノロと従い、大股開きになった彼の股間に腹這い、近々とペニスに白い顔を寄せてきた。

「すごいわ、こうなっているのね……」

彼女が熱い視線を注いで呟《つぶや》いた。どうも夫とは暗い寝室で行なってきたようで、明るい場所で間近に見るなど初めてのようだった。

4

「可愛がるって、どうすればいいの……」

「優しくいじって、あとで入れやすいように唾で濡らして下さい」

千恵子が訊くと、正樹は股間を晒《さら》して幹を震わせながら答えた。

「オ、オシッコをするところを舐めろと言うの？」

自分はさんざん舐めてもらったくせに、彼女は咎《とが》めるように言った。

どうやら、その経験もないようなので、子爵の夫とはどんな淡泊な男なのだろうと思った。

「湯上がりなので綺麗ですよ。どうか」

正樹が言うと、ようやく千恵子もそろそろと指を這わせてきた。お手玉のように陰囊を弄《もてあそ》んで睾丸を転がし、そそり立った幹をやんわりと手のひらに包み込み、硬度と感触を確かめるようにニギニギした。

そしてとうとう口を寄せ、張りつめた亀頭を舐め、いったん触れたら度胸が付いたように含んでくれた。

「ああ……、気持ちいい……」

正樹は熱い息を股間に受け、チュッと吸われながら快感に喘いだ。

千恵子はモグモグと根元近くまで呑み込み、唇で幹を丸く締め付けて吸い、温かく濡れた口の中では次第にチロチロと舌が触れて蠢いた。

滑らかな舌に翻弄《ほんろう》されるたび、唾液に濡れたペニスがヒクヒクと上下した。

「お口が疲れたわ……」

やがて千恵子が口を離して言い、正樹は彼女の手を握って引っ張った。

「じゃ、上から跨いで入れて下さいね」

「女が上？　そんなこと初めてよ……」

千恵子はそう言いながらも、やはり早く一つになりたいのか、すぐにも前進して彼の股間に跨がってきた。

自ら幹に指を添え、唾液に濡れた先端に割れ目を押し当てた。

「ああ、ドキドキするわ……」

千恵子が実際息を震わせて言い、やがて位置を定めると、ゆっくり腰を沈み込ませて、初めてであろう夫以外のペニスを受け入れていった。

屹立したペニスが、ヌルヌルッと滑らかな肉襞の摩擦を受けながら根元まで潜り込むと、

「アアッ……！」

千恵子がビクッと顔を仰け反らせて喘ぎ、完全に座り込んで股間を密着させた。

正樹も熱く濡れて締まりの良い膣内に包まれ、股間に重みを受けながら快感を噛み締めた。

見ると、また濃く色づいた乳首から母乳の雫が滲んでいた。両手を回して抱き寄せながら乳首を求めると、彼女も身を重ね、胸を突き出してくれた。

「搾《しぼ》って下さい」

言うと、千恵子も自ら指で乳首をつまみ、ポタポタと生温かな母乳を滴らせてくれ

た。それを舌に受けると、さらに無数の乳腺から霧状になった母乳も顔中に降りかかってきた。

甘ったるい匂いに包まれながら乳首を舐め、千恵子も左右の乳首から充分に母乳を滴らせてくれた。

そして彼女が力尽きたように乳首から指を離し、グッタリともたれかかってきたので、正樹も両手を回して抱き留め、ズンズンと股間を突き上げはじめた。

「アア……、何ていい気持ち……」

千恵子が熱く喘ぎ、正樹に合わせて腰を遣ってくれた。大量のヌメリが動きを滑らかにさせ、クチュクチュと淫らな摩擦音も聞こえてきた。

下から唇を求めると、彼女もピッタリと重ね合わせてくれた。

化粧と香水の匂いの中でも、千恵子の息が甘く匂った。静香に似て花粉のような刺激を含んだ吐息が鼻腔を掻き回し、彼が舌を挿し入れて綺麗な歯並びを舐め回すと、千恵子も触れ合わせてチロチロとからめてきた。

「ンンッ……！」

正樹が両膝を立て、次第に激しく股間を突き上げていくと、千恵子は熱く呻き、チュッと強く彼の舌に吸い付いてきた。

「もっと唾を出して……」

囁くと、千恵子も懸命に出してくれ、トロトロと注ぎ込んできた。

彼は美女の生温かく小泡の多い粘液を味わい、うっとりと喉を潤しながら高まっていった。

「顔中も唾でヌルヌルにして……」

言うと千恵子も快感に任せ、ためらいなく彼の顔中に舌を這わせてくれた。

甘い匂いとヌメリに包まれ、正樹は何度となく唇を重ねて唾液をすすり、激しく股間を突き上げ続けた。

「い、いいわ……、アアッ……！」

堪らずに彼女が顔を上げて喘ぎ、膣内の収縮を活発にさせていった。

正樹も高まり、千恵子の口に鼻を押し込み、湿り気ある花粉臭の息を嗅ぎながら昇り詰めてしまった。

「く……！」

大きな絶頂の快感に全身を貫かれながら呻くと同時に、大量の熱いザーメンがドクンドクンと勢いよく柔肉の奥にほとばしった。

「あう、すごい……、ああーッ……！」

噴出を感じた千恵子も声を洩らし、同時にガクガクと狂おしいオルガスムスの痙攣を開始した。

正樹は収縮と摩擦の快感を嚙み締め、吐息と唾液と母乳の匂いに包まれながら、心置きなく最後の一滴まで出し尽くしていった。

満足しながら突き上げを弱めていくと、

「ああ……、もうダメ……」

千恵子も声を洩らすと、力尽きて強ばりを解き、グッタリと体重を預けてきた。

正樹は重みと温もりを受け止め、まだ収縮する膣内に刺激されてヒクヒクと過敏に幹を跳ね上げた。

そして美女の上品な口の匂いで鼻腔を満たしながら、うっとりと快感の余韻に浸り込んでいったのだった……。

5

「ね、果林ちゃん、ミルクコーヒー飲みたい」

楽屋で、無三が甘えるように果林に言っていた。

正樹が千恵子と別れて淫奇館に戻り、裏口から楽屋に入ろうとしたら、二人の様子が何か変なので思わず覗き見をしてしまったのだ。

会場は満員で、今は無三の手品も果林の人間ポンプも午後の入れ替えまで休憩らしく、舞台には通いの芸人が曲芸をやっていた。

「生ぬるいから、美味しくないと思うけどな」

昨日と同じ赤いチャイナ服姿の果林が言い、自分のカップでコーヒーを飲み、さらに牛乳も飲み込んだ。

そして無三に顔を寄せ、カフェオレになった液体を吐き出したのだ。

さすがに人間ポンプの技を持っているので、口の中で混ぜるのではなく、胃の中で混合して吐き出しているのである。だから唾液ばかりでなく、胃液や内容物も少量混じってしまうだろう。

無三は口を開き、果林の口から吐き出された薄茶色の液体を受け止め、美味しそうに飲み込んでいた。

(うわ、すごい……)

覗き見ていた正樹は驚き、自分も飲んでみたいと思った。

どうやら日頃から果林は、無三にせがまれるたび吐き出してやっているようだ。

そして無三も、美少女の口から出るものを飲み込んで興奮しながらも、決して触れようとはしなかった。

やはり真砂子に追い出されたら困るし、無三なりに果林を姫のように崇《あが》め、性欲を抑えた上でせがんでいるのだろう。

あるいは無三ぐらいの年齢になると、射精そのものより、こうした行為で美少女のエキスを吸収するだけで満足なのかも知れない。

果林は逆流させた飲み物を出し終えると、最後に唾液の固まりまでグジュッと彼の口に垂らしてやった。

「ああ、美味しかった。どうも有難《ありがと》う」

無三はそれを飲み干すと舌なめずりして言い、そして果林も彼から離れた。

やがて曲芸が終わったか、拍手が鳴り響き、芸人が楽屋へ引き上げてきたので、正樹は母娘の部屋へと行った。

「ああ、帰ってきたの。お昼がまだならお上がり」

真砂子も入ってきて言い、届いていた店屋物《てんやもの》の蕎麦《そば》を出してくれた。

「千恵子さんとどこへ行ったの」

「十二階に上がりました。あとはあちこち歩いて帰ってきました」

「そう、もし刑事にでも咎められたら淫奇館のものだと言うんだよ」

「分かりました。真砂子さんって、先生だったたんですね」

「ええ、今も何人かの教え子が遊びに来るわ。こうした小屋をしているから来やすいのでしょう」

真砂子が言い、二人で蕎麦を食べた。楽屋では果林や無三、芸人たちがそれぞれ店屋物の昼食をとっているだろう。

やがて客も入れ替わり、午後の部の時間になると真砂子は入り口へと行き、また舞台では次々に出し物が始まったようだ。

一人でゴロゴロしているのも申し訳ないが、他にすることはない。掃除などの手伝いも、全ての客が引けてからのことだ。

正樹は、押し入れの中に入っている自分の現代の服を出した。

そしてポケットにある携帯電話の充電の様子を調べてみると、まだ少し残っているようだ。

さらに何と、メールが一通届いていたではないか。

開いて見ると、静香からだった。メールの内容は「どこにいるの？」という一文だけで、しかも日付が、今日になっているのである。

（どこかに時空の抜け穴があって、電波が大正と平成で繋《つな》がっている……？）

正樹は思い、急いで静香に電話してみた。

「もしもし、静香さん？」

「あ、正樹君ね。今どこ？　スタジオに来ないから心配していたのよ」

やや遠い感じだが、はっきり静香の声が聞こえてきた。

「し、信じられないだろうけど、百年前の淫奇館にいます。大正六年にタイムスリップしました」

「そう……、オーナーは？」

「吉井真砂子さんという人です」

「吉井は母の旧姓だわ。本当のようね。地下室はある？」

「ありますけど、入っちゃいけないと言われてます。清光様という生き神みたいな人が棲んでるようで」

「そう、そちらで充電は出来る？」

「コンセントはあるけど、多分無理です。ケーブルが合わないので」

「分かったわ。なるべく節約して。また連絡するから、よく建物を見ておいて」

そう言い、静香は電話を切った。

また何か思いついたら電話をくれるだろう。それにしても静香が、すんなり正樹の話を信じたことが不思議であった。

あるいは静香は、彼がタイムスリップすることを予想していたのではないかとさえ思える遣《や》り取りであった。とにかく彼は携帯を袂に入れ、他の服は元の場所へとしまっておいた。

まさかこの時代から静香と電話で話せると思わなかったので、彼はいつまでも動悸《どうき》が治まらなかった。

時空が繋がっているということは、平成に戻れる可能性も大きいだろう。

もちろん帰りたいのだが、それほど帰れない不安を今まで抱いていなかった。どうも正樹も夢を見ているような気分で、どこか現実感が得られなかったからかも知れない。

それが静香との電話で、急に現実味を帯びてきたのである。

ここはやはり大正時代であり、自分はいつか平成へと帰らなければならないのだと思った。

やがて淫奇館の営業が終わって客が帰り、無三や他の芸人たちも引き上げていった。

真砂子は戸締まりをしてから部屋へ入って売り上げの計算をし、正樹と果林は客席やトイレの掃除を終えた。

「じゃ、私お湯屋へ行ってくるわね」

果林が言い、普段着に着替えて出て行った。彼女が戻ってから夕食になるだろう。

正樹が楽屋に入って布団を敷いていると、そこへ真砂子が入ってきた。

「いい？　果林が帰るまで間があるので」

真砂子は言うなり、待ちきれないように帯を解いて着物を脱ぎはじめた。

もちろん正樹も急激に淫気を催し、手早く脱ぎ去って全裸になった。どうも彼のこの時代での役割は、女性たちの慰《なぐさ》みものになることのようだった。

真砂子も、彼と果林が関係したことは知っているが、千恵子とまでしたとは夢にも思っていないだろう。

正樹は一糸まとわぬ姿になって布団に仰向けになった彼女の足に屈み込み、足裏から舌を這わせはじめ、指の股に鼻を割り込ませ、濃く蒸れた匂いを嗅いだ。

「あう、そんなところから……」

真砂子が呻き、それでもされるまま身を投げ出してくれた。

正樹は胸いっぱいに美女の足の匂いを嗅いでから爪先にしゃぶり付き、汗と脂に湿った味わいを貪った。

全ての指の股に舌を挿し入れて味わうと、

「アア……！」

真砂子が熱く喘ぎ、クネクネと身悶えた。

両足とも全て味と匂いを堪能し、彼は股を開かせ、真砂子の脚の内側を舐め上げていった。白くムッチリした内腿をたどり、熱気の籠もる股間に迫ると、すでに陰唇はネットリと潤っていた。

茂みに鼻を埋め込んで嗅ぐと、汗とオシッコの匂いが生ぬるく馥郁《ふくいく》と籠もって鼻腔を刺激し、彼はうっとりと嗅ぎながら舌を這わせていった。

果林が産まれてきた膣口をクチュクチュと掻き回し、淡い酸味のヌメリを味わいながらクリトリスまで舐め上げていくと、

「ああッ……、いい気持ち……！」

真砂子が身を弓なりに反らせて喘ぎ、量感ある内腿でキュッと彼の顔を挟み付けてきた。

上の歯で包皮を剝《む》き、完全に露出したクリトリスをチロチロと舌先で弾くように舐め回し、時にチュッと強く吸い付くたび、彼女の内腿に力が入って熱いヌメリが増していった。

さらに彼女の両脚を浮かせ、白く豊満な尻の谷間に鼻を埋め込み、ピンクの蕾に籠もった生々しい匂いを嗅いで鼻腔を刺激された。

顔中が双丘に密着する感触が心地よく、彼は充分に嗅いでから舌を這わせて襞を濡らし、ヌルッと潜り込ませて粘膜まで味わった。

「く……」

真砂子が呻き、浮かせた脚を震わせて肛門を締め付けてきた。

「も、もういいわ……、今度は私が……」

やがて彼女が言って身を起こしてきたので、正樹も股間から離れ、入れ替わりに仰向けになった。

大股開きになった真ん中に真砂子が腹這い、自分がされたように彼の両脚を浮かせて、真っ先に肛門を舐め回してくれた。

「あう……」

ヌルッと舌先が潜り込むと、正樹も呻いてモグモグと肛門で舌を締め付けた。

彼女も、熱い鼻息で陰嚢をくすぐりながら内部で舌を蠢かせ、やがて脚を下ろすと陰嚢を舐め回した。

二つの睾丸を舌で転がし、袋全体を生温かな唾液にまみれさせせると、いよいよ彼女は肉棒の裏側をゆっくり舐め上げてきた。滑らかな舌が先端まで来ると、粘液の滲んだ尿道口を舐め、スッポリと呑み込んでいった。

「アア……」

正樹は快感に喘ぎ、根元まで潜り込んで唾液に濡れた幹をヒクヒクと震わせた。

真砂子も幹を締め付けて吸い、熱い鼻息で恥毛をそよがせながらクチュクチュと舌をからめてきた。

たちまち肉棒全体が温かな唾液にどっぷり浸ると、彼女は頃合いと見てスポンと口を引き離した。

正樹が手を引くと、彼女もすぐに前進してペニスに跨がり、先端をゆっくり膣口に受け入れて座り込んでいった。

ヌルヌルッと滑らかにペニスが嵌まり込むと、彼女は股間を密着させて身を重ねてきた。

「ああ……、いいわ、すごく……」

覆いかぶさりながら言い、正樹も顔を上げて乳首に吸い付いた。今日も甘ったるい汗の匂いが濃厚に漂い、彼は左右の乳首を含んで舐め回し、さらに腋の下にも鼻を埋め込んでいった。

腋毛に籠もる熟れた体臭が悩ましく胸に沁み込み、彼は嗅ぎながら下からズンズンと股間を突き上げはじめた。

「あうう……、もっと強く……」

真砂子も動きを合わせながら言うと、大量に溢れた愛液が互いの股間をビショビショにさせた。正樹もリズミカルに股間を突き上げながら、顔を引き寄せて彼女の唇を求めていった。

唇が重なり合うと、正樹は自分からヌルッと舌を挿し入れて滑らかにからみつけ、正樹も唾液に濡れた美熟女の舌を味わいながら、白粉臭の吐息で鼻腔を満たした。

両手でしがみつきながら激しく動くと、

「い、いく……、アアーッ……！」

真砂子が唾液の糸を引きながら口を離し、声を上ずらせてガクガクと痙攣した。

たちまちオルガスムスに達したようで、膣内の収縮も最高潮になり、続いて正樹も巻き込まれるように昇り詰めていった。

「く……！」

彼は快感に呻きながら、ありったけの熱いザーメンをドクンドクンと勢いよく注ぎ込み、夢中で彼女の喘ぐ口に鼻を擦りつけ、吐息と唾液の匂いに酔いしれた。

「ああ……、溶けてしまいそう……」

真砂子も声を洩らし、とうとう力尽きてグッタリともたれかかってきた。

正樹も全て出し切ると、すっかり満足しながら徐々に動きを弱めていった。

そして膣内の収縮に刺激されたペニスを、ヒクヒクと過敏に跳ね上げながら身を投げ出していった。

「すごく良かったわ……」

真砂子が満足げに言って息を弾ませ、彼も重みを受け止めながら甘い吐息を嗅ぎ、うっとりと余韻を噛み締めたのだった……。

第三章　女丈夫のいけない欲望

1

「正樹さん、ちょっと手伝いに行って欲しいのだけど」

真砂子に言われ、正樹が行ってみると、淫奇館の勝手口に一人の洋装の女性が立っていた。

まあ勝手口と言っても正面は客の出入りする場所だから、この勝手口が吉井家個人の玄関のようなものである。

女性は長身短髪できりりとした美女、あとで聞くと正樹と同い年の二十八歳ということだった。どうやら彼女も、真砂子の教え子の一人らしい。

「千石菜穂《せんごくなほ》と言います。どうぞご一緒に」

彼女はそう言い、正樹も下駄を突っかけて外に出た。

するとと人力車が停まり、促されるまま正樹は菜穂と並んで乗り込んだ。

梶棒が上がると身体が背もたれに押し付けられ、正樹は息を呑んだ。もちろん人力車に乗るのは生まれて初めてである。

「今から行くのは根岸《ねぎし》にある私の家です。ときに正樹さんは、柔道は出来ますか」

ほんのり甘い匂いを漂わせながら、菜穂が訊いてきた。

「中学と高校の授業で少しだけ」

「まあ、高等学校を出ていますか。どちらですの？」

菜穂が見直したように言った。うっかり答えてしまったが、この時代は大学に付属する旧制高校ということになる。

「い、いえ、地方だったもので」

「そうですか。大学は？」

「それも地方の美術学校です」

何とか答えたが、幸い菜穂もそれ以上突っ込んだことは訊いてこなかった。

それより正樹は、人力車に揺られながら浅草を出て、何とも庶民的な下町界隈の風景に見惚《みと》れていた。

自動車はあまり通らないから、人々も道の真ん中を平気で歩いている。凌雲閣や五重塔の他に高い建物はなく、電線より低い位置に木造家屋がひしめいていた。

やがて根岸に入ったらしく、間もなく人力車が停まった。

「こっちです。どうぞ」

俥代を払って降りた菜穂が言い、正樹も続いて降り、案内されるまま柾《まさき》の垣根のある路地の奥へと進んでいった。

すると建物からドスンバタンと音が聞こえてきた。柔道の受け身の音であろう。

柔道の相手をさせられるのかと思うと、急に正樹は不安と緊張に包まれはじめてしまった。

建物は大きめの仕舞《しもた》屋だが、その一間が小さな道場になっているらしい。

講道館柔道が創設されたのが明治十五年（一八八二年）で、以来三十年間で発展して青少年の間でも盛んになり、この年、創始者の嘉納治五郎《かのうじごろう》は五十七歳だった。

玄関から入り、奥の道場へ案内されると、生ぬるく甘ったるい汗の匂いが濃厚に漂ってきた。

「女臭いけれどご辛抱を」

菜穂が言い、道場を見せてくれた。

中は三十畳ほどの道場で、五人ばかりの女性が稽古《けいこ》をしていた。

男がいないので、正樹も少々ほっとして、濃い匂いに陶然となった。

若い女性たちも、菜穂を見ると稽古を止めて一礼した。

講道館の女子部にいた菜穂が指導者となって、自宅に道場を作って女性たちに稽古をつけているとのことだった。

それで、たまに男手も欲しいので菜穂が真砂子を訪ねたところ、暇を持て余している正樹を紹介されたようだった。

「こちらが、お稽古を手伝って下さる大原正樹さんです」

菜穂が言うと、一同が彼にも頭を下げた。

「ではこちらで着替えて下さい」

やがて菜穂に招かれ、正樹は別室に入った。そこは板張りの狭い更衣室で、何着かの柔道着が吊され、そこも濃厚な匂いが籠《こ》もっていた。

「これを着て下さい。柔道の稽古というより、護身術の相手を少しして頂きたいのです。昨今は夜道で女性が襲われる事件が多いものですから」

「分かりました」

正樹は答え、帯を解きはじめた。

するとと菜穂もスカートを下ろし、ブラウスを脱ぎはじめたではないか。どうやら彼女もこの場で着替えるらしいが、何も気にしていないようだ。

それでも見るのは失礼と思い、正樹は胸を高鳴らせながら背を向けて着物を脱ぎ、越中褌一枚になって柔道着を着ようとした。

「それも取って下さい。汗になりますので」

後ろから見ていたか、菜穂が言い、正樹もモジモジしながら褌を脱ぎ、全裸の上から稽古着のズボンを穿いた。

背後で、菜穂も全裸になっているのだろう。

柔道着を羽織ると、どうやら誰かが使ったまま、ただ干してあるだけなので饐《す》えたような汗の匂いが沁み付いていた。もちろん女性の匂いだと思うと、その刺激も股間に響いてきてしまった。

そして背後の衣擦れの音を聞きながら白帯を締めると、なんと菜穂も驚くほど早く着替えを終えていた。

「では道場へ」

促されて道場に行き、正面の神棚に一礼してから中に入った。

一同も、稽古を止めて菜穂の指示を待っている。

みな黒髪を後ろで引っ詰め、学生なのか二十歳前後ぐらいで美女が多かった。女ばかりなので胸元がはだけても構わないのか、誰も下にシャツなど着ておらず、ノーブラにノーパンのようだった。

「少し受け身をして身体を慣らして下さい」

菜穂が凛然とした柔道着姿で言い、正樹も少し準備体操をして、授業を思い出しながら後方受け身に前方回転受け身を何度か行なった。

スポーツは苦手だったが、当時から痛い思いをしないよう受け身だけは得意だったので、すぐ軽やかに動けるようになった。

そして身体が慣れると、立ち上がって彼女に向き直った。

「では、町で襲われたときの対処を学びましょう」

菜穂が言い、一同は見学に回った。

「では正樹さん。まずは正面から抱きついて下さい」

言われて、正樹は菜穂に迫り、両手を伸ばして抱え込もうとした。

「この場合は、両手で相手を突き放して金的蹴り」

菜穂が言うなり彼の胸をドンと突き飛ばし、バランスを崩して開いた股間に蹴りが飛んだ。

もちろん寸止めしているが、一瞬ヒヤリとするほど鋭い蹴りであった。

どうやらここの柔道は、試合で勝つための技ではなく、さらに実戦向きで、投げや押さえ込みなどより、講道館護身術と言われる突きと蹴り、関節技などが主なようだった。

「男の股は急所なので、僅かな力でも効果があり、蹴り上げれば相手はうずくまってしばらく動けなくなります。だから稽古で実際に蹴るわけにいきません」

菜穂が言い、彼女たちにも二人一組にさせて今の動きを練習させた。

「では次、後ろから抱きつかれた場合」

菜穂が言って背を向けると、正樹も彼女の背後から両手を回して組み付いた。

稽古着の上からでも柔らかな胸の膨らみが伝わり、ほのかな汗の匂いに混じり、髪の甘い匂いが鼻腔をくすぐった。

「こうされたら足の甲を思い切り踏み、前屈みになってから思い切り後頭部で、相手の顔面に頭突き」

菜穂が言って、彼の右足をそっと踏み、頭突きのふりをした。

「そこで緩んだ腕の間に手を割り込ませてほどき、振り向いたら金的蹴り」

菜穂は巧みに彼の腕を振りほどいて向き直り、素早い蹴り。

また一同も女同士で今の技を繰り返した。

「では次、匕首《あいくち》で攻撃された場合」

菜穂が、彼に扇子《せんす》を渡して言った。

「水月《すいげつ》を突いて下さい」

水月とは、鳩尾《みぞおち》のことだろう。正樹は短刀代わりの扇子を右手に構え、彼女の腹を刺そうと腕を伸ばした。

「体さばきで左へ避けながら、左手で手首を摑《つか》んで小手返し、右手を添えてひねる」

「うわ……！」

菜穂が言うなり正樹の身体は右へ一回転した。激しく受け身の音を立て、倒されながら見上げると、すでに扇子は彼女の手にあった。

身を起こすと菜穂が手を握り、引っ張り起こしてくれた。

一同も稽古したが、菜穂ほど見事な投げではないので、みなそろそろと一回転してゆるく受け身を取っていた。

「全て、今のような段取りの良い場合ばかりではないので、実際にはもっと臨機応変に対処しなければなりません。例えば、組み付かれてともに倒れた場合」

菜穂が扇子を下に置き、正樹に組み付いてきた。

そのまま大外刈りで正樹を仰向けに倒してきたので、彼も必死に受け身を取った。

「しがみついて、振りほどかれないように」

菜穂が言い、正樹も懸命に両手両足でしがみつき、甘ったるい汗の匂いにうっとりとなった。

「こうしたときは、ただの袈裟《けさ》固めではいけません。腕を逆に取るなり、あるいは金的を摑む。もしくは耳を噛みちぎってもいいです」

菜穂が言い、実際にしないが素振りだけ見せ、顔の汗が彼の顔に滴ってきた。

正樹は彼女の甘い息の匂いに酔いしれ、股間を熱くさせてしまったのだった。

2

「お疲れ様でした。でも、もう少しお付き合い下さい」

菜穂が、正樹に言った。

今日の稽古を終え、五人の女性門弟たちは着替えて帰っていき、二人だけが残ったのである。

家は、現在菜穂が一人で暮らしているらしい。

「ええ、僕は夕方まで時間はありますので」

「ではこちらへ」

道場を出ると、稽古着姿のまま彼女は正樹を自分の部屋に招き入れた。

そこは寝るだけらしい四畳半で、布団も敷かれ、あるのは箪笥と鏡台だけ。道場とはまた違う女らしい甘い匂いが籠もっていた。

「船員の夫は、先月から輸送船で外地へ行っております」

彼女が言う。人妻だったようだ。まあ平成と違い、ごく普通の家庭で二十代後半になって、独りでいる女性など少ないのだろう。

「でも夫は極度の潔癖症で、夜の行為の時も真っ暗にし、ごく短い間に交接をするだけなのです」

「はあ……」

妖しい雰囲気になり、甘ったるく濃厚な汗の匂いにも刺激され、答えながら正樹は痛いほどピンピンに勃起してきてしまった。

「金的などと知ったようなことを言っていますが、見たこともありません。明るい場所で、見せて頂けると有難いのですが」

凛々《りり》しい女武道家が、緊張に頰を強ばらせて言った。

「べ、別に構いませんが……」

「有難うございます。では全て脱いで、ここへ横に」

言われて、正樹も白帯を解いて柔道着を脱ぎ、下のズボンも脱ぐと全裸になって布団に仰向けになった。枕には、やはり菜穂の悩ましい匂いが沁み付き、刺激がペニスに伝わってきた。

「まあ、こんなに勃《た》って……、なぜ……」

菜穂が、屹立した肉棒に目を凝らして言った。

「そ、それは、綺麗な女の方の前で裸になれば、こうなってしまいます」

正樹が答えると、菜穂は彼を大股開きにさせ、真ん中に腹這いになって顔を寄せてきた。

「こうなっていたのね……、気味の悪いような、可愛いような……」

彼女は呟き、熱い視線と息で裏側を刺激してきた。そして、とうとう指を伸ばし、そっと幹を撫で、興奮に縮こまった陰嚢にも触れた。

「確かに、玉が二つ……」

菜穂は言い、壊れ物でも扱うように、そろそろと指を這わせ、コリコリと二つの睾丸を確認した。

「ああ……」

「痛いですか」

「いえ、気持ち良くて……」

彼は喘ぎながら答え、袋をいじられながらヒクヒクとペニスを上下させた。

「正樹さんは、同い年と聞いていますが、女を知っていますか？」

「え、ええ、それなりに……」

「女の股を舐めたことはおありですか。夫はしてくれませんが、春本には当然のように舐めると書かれておりますが」

「あります……。いえ、舐めなければ気が済みません……」

「まあ……」

菜穂は声を洩らし、おそらくは期待に熱く息を弾ませはじめた。

「して頂けますか。それならば、私もお口で致します。夫は求めませんが、どのようなものかしてみたいのです」

彼女は言うなり返事も待たず、すぐに舌を這わせはじめてくれた。

しかも、最初は陰嚢を舐め回して睾丸を転がし、熱い息を籠もらせながら、肉棒の裏側をゆっくり舐め上げてきたのだ。

「アア……」

正樹は快感に喘ぎ、滑らかに這い上がる舌のヌメリに身悶えた。

やはり大正の頃には、フェラもクンニもしない夫婦がいるのである。それにしても最後までしてしまい、夫の洋行中に妊娠でもしたら大丈夫なのだろうか。いや、先月船出前にセックスしただろうから、少々の誤差ぐらいごまかしが利くと思っているのかも知れない。

先端まで舌を這わせると、菜穂はチラと彼の表情を観察してから、粘液の滲む尿道口をチロチロと舐め、張りつめた亀頭にもしゃぶり付いてきた。

「ああ、男の匂い。それに汗の味がします……」

菜穂は、入浴前でも興奮と欲望に突き動かされ、厭《いと》わずに舐め回しながら言った。

そして丸く開いた口にスッポリと根元まで呑み込み、口腔をキュッと締め付けて強く吸った。

「ンン……」

唾液にまみれた幹がヒクヒクすると、彼女もネットリと舌をからめて熱く鼻を鳴らした。さらに顔を小刻みに上下させ、濡れた口でスポスポとリズミカルに摩擦してくれたのだ。

「も、もう……、漏らしてしまいそうです……」

急激に絶頂を迫らせた正樹が言うと、菜穂もすぐスポンと口を引き離した。

身を起こすと手早く帯を解いて柔道着を脱ぎ、さらにズボンを脱ぎ去って汗ばんで引き締まった肢体を露わにした。

正樹が起き上がると、すぐ彼女も入れ替わりに布団に仰向けになり、長身の肢体を投げ出してきた。

肩と腕の筋肉が発達し、しかし乳房は形良く豊かで、腹筋が浮かび上がり、太腿も実に逞《たくま》しかった。そして脛にも体毛があり、野趣溢れる魅力が感じられた。

正樹は彼女の大きな足裏に顔を寄せ、舌を這わせながら太く長い足指の間に鼻を押し付けて嗅いだ。

「あう、何を……！」

ビクッと反応し咎めるように声を洩らしたが、すぐに菜穂はされるままになった。

さんざん稽古し、その前は浅草まで来ていたのだから、指の股は汗と脂にジットリ湿り、生ぬるく蒸れた匂いが濃厚に沁み付いていた。

正樹は美女の足の匂いを貪ってから爪先にしゃぶり付き、順々に指の間に舌を割り込ませていった。

「アアッ……、ダメ、汚いのに……」

菜穂が熱く喘ぎ、他の女性たちと同じく驚いたように言った。

正樹は味と匂いを堪能し、両足とも充分に貪った。そして長い脚を開かせ、顔を進めて張り詰めた内腿を舐め上げた。

「ああ……、本当に、舐めてくれるのね……」

菜穂が、まだ触れていないのに期待にヒクヒクと下腹を波打たせ、腰をくねらせて言った。

股間を見ると、すでにはみ出した陰唇は露《つゆ》を宿していた。

恥毛は薄めで、指を当てて陰唇を広げると、白っぽい愛液を滲ませた膣口が息づいて、何とクリトリスは親指の先ほどもある大きなもので、妖しい光沢を放っていた。

艶めかしい眺めに吸い寄せられるように、正樹はギュッと顔を埋め込み、柔らかな恥毛に鼻を擦りつけて嗅いだ。

隅々には、やはり汗とオシッコの匂いが濃厚に沁み付いて鼻腔を刺激し、舌を挿し入れると淡い酸味のヌメリが感じられた。

膣口をクチュクチュ掻き回してヌメリを味わい、柔肉をたどって大きなクリトリスまで舐め上げていくと、

「アアッ……、い、いい気持ち……！」

菜穂がビクッと顔を仰け反らせて喘ぎ、内腿できつく彼の両頬を挟み付けてきた。

正樹も逞しい腰を抱え込みながらチロチロとクリトリスを舐め回しては、新たに溢れる愛液をすすった。

「か、噛んで……」

と、菜穂が口走った。

どうやら激しい稽古に明け暮れていた彼女は、微妙なタッチより痛いぐらいの刺激の方が好きなのだろう。あるいは船乗りである夫の留守中、激しいオナニーに興じ、強い刺激に慣れていたのかも知れない。

正樹は上の歯で包皮を剝き、完全に露出した突起を軽く前歯で挟み、舌を小刻みに這わせながらコリコリと刺激してやった。

「あう、いいわ……、もっと強く……」

彼女がせがみ、歯による愛撫を続けていると愛液が大洪水になってきた。

さらに彼は菜穂の両脚を浮かせ、引き締まった尻の谷間に迫っていった。

ピンクの蕾《つぼみ》は、日頃から力んでいたせいでもないだろうが、レモンの先のように突き出て、実に艶めかしい形状をしていた。

鼻を埋めると、汗の匂いに混じって生々しい匂いも感じられ、正樹は胸いっぱいに嗅いでから舌を這わせた。

細かに震える襞を濡らし、舌を挿し入れてヌルッとした甘苦い粘膜を探ると、彼女はキュッキュッときつく肛門で締め付けてきた。

3

「く……、そんなところ舐めるなんて、信じられない……」

菜穂が息を詰めて言い、浮かせた脚をガクガク震わせた。

正樹は舌を出し入れさせるように動かしてから、脚を下ろして再び割れ目に戻ってヌメリをすすり、クリトリスに吸い付いていった。

「い、入れて、お願い……」

彼女が声を上ずらせてせがみ、正樹も味と匂いを充分に堪能してから身を起こしていった。

「じゃ、後ろ向きから」

彼は言い、菜穂を腹這いにさせて尻を持ち上げさせた。

「アア……、恥ずかしい……」

言いながらも菜穂は四つん這いになって顔を伏せ、尻を高く突き出してきた。

正樹も膝を突いて股間を進め、バックから先端を濡れた膣口に押し当て、感触を味わいながらゆっくり挿入していった。

「あう……！」

ヌルヌルッと根元まで押し込むと、菜穂が白い背を反らせて呻き、キュッと締め付けてきた。

正樹は肉襞の感触と温もりを味わい、股間に密着して弾む尻の感触に高まった。

腰を抱えて何度かズンズンと前後に動かし、さらに背に覆いかぶさって、両脇から回した手で張りのある乳房をわし摑みにした。

「も、もっと強く……」

菜穂が激しい刺激を求めて言い、尻を前後させはじめた。

正樹も股間をぶつけるように動きながら、後ろから菜穂の髪の匂いを嗅ぎ、愛液のヌメリと肉襞の摩擦に絶頂を迫らせていった。

しかし、やはり美しい顔が見えないのが物足りず、彼は我慢して動きを止め、一気にヌルッと引き抜いてしまった。

「アア……」

快感を中断され、菜穂が不満げに声を洩らした。

「じゃ、横向きに」

正樹は言って菜穂を横向きにさせ、上の脚を真上に差し上げた。そして下の内腿に跨がって再び根元まで挿入し、上の脚に両手でしがみついた。

「あう……、変な感じ……」

横向きの松葉くずしに菜穂が呻き、正樹も腰を突き動かした。

互いの股間が交差しているので密着感が高まり、尻や内腿の感触に心地よく伝わってきた。

もちろんこの体位も、フィニッシュには物足りず、彼はまた引き抜いて菜穂を仰向けにさせた。そして正常位で、みたび一気に挿入して身を重ねていった。

「ああ……、最後までして……」

菜穂が、もう離さぬというふうに両手でシッカリ彼を抱き留めて言った。

正樹も股間を密着させながら温もりと感触を味わい、屈み込んで乳首に吸い付いていった。

コリコリと硬くなった乳首を舌で転がし、もう片方も含んで念入りに舐め回した。

ここも軽く歯を立てて刺激すると、

「く……、もっと強く……」

菜穂が呻き、待ちきれないようにズンズンと股間を突き上げてきた。

正樹も左右の乳首を舌と歯で愛撫し、腋の下にも鼻を埋め込んでいった。生ぬるく湿った腋毛の隅々には、何とも甘ったるく濃厚な汗の匂いが沁み付き、悩ましく鼻腔を刺激してきた。

そして突き上げに合わせて腰を遣うと、次第に互いの動きがリズミカルに一致し、大量の愛液で律動が滑らかになった。ピチャクチャと卑猥に湿った摩擦音が響き、揺れてぶつかる陰嚢も生温かく濡れた。

「い、いきそう……」

菜穂が、熱く喘いで言った。

淡泊な夫との短時間のセックスでオルガスムスに達するとも思えないが、それでもいきそうと言うのだから、やはりオナニーで快感を知っているのだろう。

喘ぐ口からは頑丈そうな象牙《ぞうげ》色の歯並びが覗き、鼻を押し付けて嗅ぐと、火のように熱い息は甘い匂いを含み、それに唾液の香りも混じって彼の鼻腔を悩ましく掻き回してきた。

そのまま肩に腕を回し、腰を動かしながら上からピッタリと唇を重ねていった。

「ンンッ……！」

舌を挿し入れると、菜穂も熱く呻きながらネットリと舌をからめてきた。

正樹は滑らかに蠢く舌のヌメリを味わい、吐息の刺激に酔いしれながら絶頂を迫らせていった。

「い、いく……、アアーッ……！」

途端に菜穂が口を離して仰け反り、声を上ずらせて喘いだ。

同時に、ブリッジするようにガクガクと腰を跳ね上げ、彼を乗せたまま狂おしく反り返って悶えた。

膣内の収縮も高まり、続いて彼も大きな絶頂の快感に全身を包み込まれた。

「く……」

快感に呻きながら、勢いよく熱い大量のザーメンをドクンドクンと内部にほとばしらせると、

「あう、もっと……！」

噴出を受け止めた菜穂が駄目押しの快感を得たように口走り、さらにキュッキュッときつい収縮を繰り返した。

正樹は股間をぶつけるように激しく動きながら快感を嚙み締め、心置きなく最後の一滴まで出し尽くしていった。

すっかり満足して徐々に動きを弱めていくと、彼は力を抜いてもたれかかった。

女武道家である彼女の身体は頑丈そうだから、遠慮なく体重を預けて構わないだろう。

「ああ……、こんなに良いなんて……」

菜穂も言いながら肌の硬直を解いてゆき、満足げにグッタリと四肢を投げ出していった。

まだ膣内が名残惜しげに締まり、射精直後のペニスがヒクヒクと跳ね上がった。

正樹は重なりながら美女の口に鼻を押し付け、唾液と吐息の匂いを貪りながら、うっとりと快感の余韻に浸り込んだのだった。

やがて呼吸を整えると、彼はそろそろと股間を引き離し、横になって再び腕枕してもらった。

「足や尻まで舐めるなんて……、いつもこのように……？」

菜穂が、熱く息を弾ませて訊いてきた。

「ええ、入れるのは、全部舐めてからですので」

「夫も見習って欲しいわ……」

菜穂が言い、さらに意外なことを言ってきたのだ。

「実は夫の留守中、私は女同士で楽しんでいたの」

「え……？」

艶めかしい話題に、また彼は回復しそうになりながら聞き返した。

「今日も来ていた子で、私を慕っている処女がいるのよ」

確かに、菜穂は宝塚の男役のような雰囲気で、処女からしてみれば熱い憧れの対象なのかも知れない。

「でも、いつまでも女同士ではいけないから、その子にも教えてあげたいわ。世の中には、丁寧にしてくれる男もいて、大きな悦びがあるということを。いい？」

「も、もちろんです……」

言われて、正樹も即答していた。

「じゃ、明後日も来てくれるかしら。十九歳の女子大生で、市川明日香《いちかわあすか》という一番小柄な子」

菜穂の言葉で、正樹も顔を思い出していた。まだ少女の面影を残すボブカットの、いや、この時代だからおかっぱの可愛い子だと稽古のときに思っていたのである。

「明日香も、好奇心のある子だから男にも興味があるわ。では明後日お願い」

「分かりました。必ず」

正樹は答え、大いなる期待に胸を高鳴らせたのだった。

「じゃ、お風呂場に行きましょう」

菜穂が言って立ち上がり、正樹も一緒に部屋を出た。

どうやら内風呂があるらしく、廊下を進んで風呂場に入った。

焚《た》いたわけではなく残り湯だが、全身が火照《ほて》っていて寒くはない。

あとで聞くと菜穂の家は老舗《しにせ》の呉服問屋らしく、今は日本橋に店があって両親が住み、ここは祖父の隠居所だったようだが、亡くなったあと新婚夫婦の住まいにし、道場を増設したらしい。

互いに全身を流し、股間を洗った。すると正樹は急にムクムクと回復し、簀《す》の子《こ》に座って菜穂を目の前に立たせたのだった。

4

「ね、オシッコして……」

「まあ、こんな格好で？　顔にかかるわ……」

正樹が言うと、菜穂は驚いたように言ったが、まだ快楽の余韻に朦朧としているので、抵抗感より好奇心が湧いてきたようだった。

「いいの……？」

「ええ、出るところが見たいので」

彼が言うと、彼女は微かに膝を震わせながらも、息を詰めて尿意を高めはじめてくれた。

正樹は股間に顔を埋め、割れ目に舌を挿し入れて蠢かせた。

もう恥毛に沁み付いていた濃厚な匂いは薄れてしまったが、新たな愛液は泉のようにトロトロと溢れてきた。

「ああ……、本当に出てしまうわ……」

菜穂が声を震わせて言い、同時に割れ目内部の柔肉が迫《せ》り出すように盛り上がり、味わいと温もりが変化してきた。

間もなくチョロチョロと温かな流れがほとばしり、彼は口に受けて味わった。

味も匂いも淡いもので、飲み込んでも抵抗がなく、彼は美女から出たものを取り入れる悦びに勃起し、完全に元の硬さと大きさを取り戻してしまった。

「アア……、信じられないわ、こんなこと……」

菜穂が勢いを増して放尿しながら、熱く喘いで口走った。

口から溢れた分が温かく胸から腹に伝い流れ、ペニスを心地よく浸してきた。

しかしピークを越えると急に勢いが衰え、間もなく流れは治まってしまった。

正樹は残り香を味わいながらポタポタと滴る余りの雫をすすり、濡れた柔肉を舐め回した。

「あうう……、もうダメ……」

とうとう菜穂は立っていられず、足を下ろしてクタクタと座り込んでしまった。

それを抱き留め、彼は菜穂の股間を洗い流してやった。

すると菜穂も激しく淫気を高め、オシッコを受け止めたばかりなのに構わず、彼に熱烈に唇を重ねてきた。

「ンン……」

熱く甘い息を弾ませて呻き、ネットリと舌をからめた。

正樹も美女の唾液と吐息を味わい、舌を蠢かせながら、菜穂の手を握ってペニスに導いた。

彼女もやんわりと握り、慈しむようにニギニギと動かしてくれた。

「もうこんなに勃って……、すごいのね……」

唾液の糸を引いて口を離すと、菜穂は肉棒を弄びながら言った。

「もう一回出したいのね？　でも、またすると動けなくなるから、お口でしてあげる。私も飲んでみたいわ……」

菜穂が言い、正樹もその気になって身を起こした。

風呂桶のふちに腰を下ろして股を開くと、正面に座った菜穂も顔を寄せてきた。

そして幹を両手で挟み、拝むように錐揉《きりも》みしながら先端に舌を這わせてくれた。

尿道口を充分に舐めると亀頭をしゃぶり、指を離してスッポリと根元まで呑み込んできた。

「ああ……、気持ちいい……」

正樹は快感に喘ぎ、美女の吸引と舌の蠢きで急激に高まってきた。

そして菜穂の顔に両手をかけ、前後させると、彼女もリズミカルに摩擦運動を開始してくれた。

溢れる唾液が動きを滑らかにさせ、クチュクチュと音を立てた。

締まる唇が、張り出したカリ首を心地よく擦り、熱い鼻息を股間に感じながら正樹は昇り詰めていった。

絶頂の快感に呻き、二度目とは思えない快感の中、ありったけの熱いザーメンがドクンドクンと勢いよくほとばしり、菜穂の喉の奥を直撃した。

「ク……」

噴出を受け止めて鼻を鳴らし、なおも彼女は強烈な吸引と摩擦、舌の蠢きを続行してくれた。正樹は快感を噛み締め、心置きなく最後の一滴まで出し尽くし、ようやく力を抜いた。

菜穂も動きを止め、含んだまま口に溜まったザーメンをゴクリと一息に飲み干してくれた。口腔がキュッと締まり、正樹が駄目押しの快感に幹をピクンと震わせると、ようやく彼女も口を離した。

なおも彼女は幹を握って搾るようにしごき、尿道口に脹らむ余りの雫まで丁寧に舐め取ってくれ、

「あうう……、どうか、もう……」

正樹は過敏に反応しながら腰をよじって言った。

「飲んだの初めてよ。そんなに嫌じゃないわ……」

菜穂は舌を引っ込め、彼の股間から熱っぽい眼差《まなざ》しを向けて言った。

「い、いく……!」

正樹もすっかり満足し、明後日を楽しみにしたのだった。

5

「おお、帰ってきたか。一緒に一杯やろう」

正樹が、すっかり客も引けて閉館した淫奇館の楽屋へ戻ると、無三が声をかけた。何やら楽屋には大勢の男たちが車座になり、持ち寄りの酒とつまみで宴会をしているではないか。

「ええ、お邪魔します」

正樹も空いた場所に座ると、無三が酒を注いでくれた。見れば、何となく見知ったような顔もいる。すると無三が、一人一人を紹介してくれた。

「ああ、みんな。これが淫奇館に居候している謎の青年、大原正樹君だ」

無三が言うと、一同もグラスを掲げた。

「このチョビ髭《ひげ》の人は、二階にも絵を展示している伊藤晴雨画伯」

「え……、責め絵の……」

正樹は、三十代半ばぐらいの晴雨を見て言った。

あとで知ったことだが、美術学校でモデルをしていたお葉《よう》という美少女を縛って描いていたが、彼女はのちに竹久夢二《たけひさゆめじ》の黒船屋のモデルとなるのである。

「それから、この人が谷崎潤一郎《たにざきじゆんいちろう》」

「うわ、有名な作家の……」

また正樹は驚いて、潤一郎を見た。このとき彼は三十一歳。

「で、谷崎作品に感動して、大阪から上京してきた彼は平井太郎《ひらいたろう》君。いずれ探偵小説を書きたいようだ。江戸川乱歩《えどがわらんぽ》という名で」

「ら、乱歩……」

正樹は目を丸くし、まだ二十三歳の乱歩を見た。まさか、自分より年下の乱歩に会うとは夢にも思わなかったものだ。

「そしてメガネの人が泉鏡花《いずみきようか》先生。麹町から来てくれた」

無三の紹介に、もう正樹は声もなく、会釈するのが精一杯だった。

「最後は粋な小父《おじ》さん、断腸亭の永井荷風《ながいかふう》先生」

無三が言う。このとき鏡花は四十四歳。荷風は三十八歳だった。

みな働き盛りの、文壇の面々である。

それがどういうわけか淫奇館に集まり、無三とも親しいようだった。無三は正樹を謎の青年と言ったが、手品師の無三こそ、多くの有名人と懇意にしている謎の男ではないか。

真砂子が料理を運び、果林も手伝っていた。

正樹は乱歩作品が好きだったが、まだ彼もデビュー前だから特に話すことはない。話したいが、つい未来の情報を漏らしそうで恐かった。

もちろん鏡花も潤一郎も読んでいるが、この時代に出ている作品も正確に分からないので、みだりに言うわけにいかなかったのだ。

「いや、今後どうやら警察が芸術作品に介入してくるようです」

「ええ、審査をするようですよ。絵や彫刻の裸体も禁止されるでしょう。仕事がやりにくくなりますな」

鏡花が口を開くと、晴雨も言った。

やがて皆も口々に当局への意見を述べ、誰も正樹の素性を訊いてくるものはいなかった。

多くの意見が出ると、最年長の無三が上手くまとめ、冗談を交えながら果林をからかったりして、やがて酒も料理もあらかたなくなっていった。

「うん？　何の音だ。何かが振動するような」

荷風が言い、正樹は急いで立ち上がって楽屋を出た。平成にいる静香から電話が入ったバイブだったのだ。

正樹は暗い廊下で、袂に入れていた携帯を出して電話に出た。

「正樹君？　いま大丈夫？」

「ええ……」

静香に答えた正樹は、今すごい面々と飲んでいることを言いたかったが、何しろ電池が残り少ない。

「何とか、私もそちらへ行けるかも知れないわ」

「本当？」

「どうやら、うちのスタジオと大正時代の淫奇館は繋がっているみたい。場所も同じだし、建物も似せて作ってあるから、何かの拍子に時空が歪んだのだわ。電話遠いわ。聞いている？」

「ええ、でも電池が切れそうです」

「じゃ切るわね。行けたら、一緒に戻る方法を考えましょう」

静香がそう言ったところで、完全に電池が切れて灯りも消えてしまった。

どうやら静香は、大正時代へ来たくて仕方がないようだ。

「ああ、もうダメか……」

正樹は、切れた携帯を何度かいじったが、もうスイッチは入らなかった。

それを袂にしまって楽屋へ戻ろうとしたら、そこに果林が立っていた。

「今のは何？　誰と話していたの？」

「い、いや……、楽屋は？」

「みんな帰るところよ。あとで、それが何か教えて」

果林が真剣な眼差しで言い、楽屋に戻っていった。正樹もついていくと、みな腰を上げて引き上げていった。

「ああ、やりっ放しで済まないね。ではまた明日」

最後に残った無三が、赤い顔で上機嫌に言って出ていくと、やがて静かになった。

正樹は、母娘と後片付けをし、彼は余り物を夕食代わりにつまんだ。

「疲れたわ。お湯屋へ行ってくるわね」

真砂子が言って出ていくと、正樹は片付いた楽屋に自分の布団を敷いた。

「さっきの、見せて」

残っていた果林が言う。客の接待をしていたので、まだ赤いチャイナ服のままだ。

「うん」

見られたのなら仕方がない。正樹は袂から携帯電話を出した。

「もう電池が切れているから点かないよ」

「何なの、これ」

果林は手に取り、ボタンをいじってみたが変化はない。

「電話だよ。百年後には、みんな持ってるんだ」

「百年後……？」

「ああ、僕は百年後から、突然この時代に迷い込んでしまったんだ」

「そんなこと……、よく分からないわ……」

果林が混乱しながら答えた。

分からないのも無理はないだろう。この頃にはタイムスリップを題材にした読み物などもないのだ。乱歩なら分かってくれるかも知れないが、教えたりしたら未来が変わってしまう。

「さっき集まった人たちは、これからもっともっと有名になって、百年後の人たちもみんな知ってるんだ」

「もしかして、先に起こることも分かるの？」

果林が、携帯を返しながら聞いてきた。

「うん、まずは六年後に大震災があるから、その頃は避難しておかないとね」

「そのことは、清光様も言っていたわ……」

「ね、地下に行って、清光様に会わせてくれないかな」

「お母さんに伝えておくわ」

どうやら、真砂子しか地下へ降りられないようだった。

それで会話が途切れた。果林も、彼に何を訊いて良いのかも分からないのだろう。

それよりも正樹は、チャイナ服の果林にゾクゾクと欲情していた。真砂子が戻るまでには、まだ間があるだろう。

「ね、むーさんにしたみたいに、ミルクコーヒー飲んでみたい」

「まあ、見ていたの？　でも、今はコーヒーはないわ。さっき牛乳飲んで、ビスケットを食べただけ」

「それでいい……」

正樹は手早く着物と褌を脱ぎ去り、全裸で布団に仰向けになった。

果林も上から屈み込み、ピッタリと唇を重ねてくれた。柔らかな感触が密着し、舌をからめると滑らかな唾液のヌメリが心地よく、彼女の吐息は今日も甘酸っぱい果実臭だった。

最初は生温かな唾液をトロトロと滴らせ、やがて果林が息を詰めるなり、粘液が吐き出されてきた。それは、生ぬるいミルクに細かなビスケットが混じったような心地よい味わいだった。

うっとりと飲み込むと、甘美な悦びと甘い匂いが胸に広がっていった。

「もう終わりよ。これ以上は胃液が出てしまうわ」

果林が口を離して言った。それも魅力だが、正樹は美少女の胃で熟れた粘液に酔いしれ、ピンピンに勃起してしまった。

「ね、脱いで」

言うと彼女も手早く服を脱ぎ去り、たちまち全裸になってくれた。

そして果林が自分から屈み込んで勃起したペニスにしゃぶり付いてきたので、彼も手を伸ばし、彼女に上から跨がらせ、女上位のシックスナインの体勢にさせて股間を抱き寄せた。

下から潜り込むようにして若草に鼻を擦りつけ、汗とオシッコの匂いを嗅ぎ、濡れはじめた割れ目に舌を這わせた。

「ンンッ……！」

クリトリスを舐めると果林が呻き、熱い鼻息で陰嚢をくすぐってきた。

感じるたびに彼女も反射的にチュッと強く亀頭に吸い付き、懸命に舌をからめてペニスを唾液にまみれさせた。

正樹も溢れる蜜をすすってクリトリスを舐め、伸び上がって可憐な尻の谷間の蕾にも鼻を押し付け、可憐な匂いを嗅いでから舌を這わせた。

「ああッ……、もうダメ……」

果林がスポンと口を離して言い、身を起こしてきた。

正樹も美少女の前も後ろも味わい、彼女を向き直らせて足指の蒸れた匂いも貪欲に味わった。

「じゃ、跨いでね」

言うと果林も素直にペニスに跨がり、自分から先端に割れ目を押し付けてゆっくり腰を沈み込ませていった。

熱く濡れた膣口にヌルヌルッと根元まで受け入れると、

「アア……、いい気持ち……」

果林が完全に股間を密着させて座り込み、顔を仰け反らせて喘いだ。

正樹も肉襞の摩擦と締め付け、温もりと潤いを味わいながら、両手を回して彼女を抱き寄せていった。

潜り込むようにして左右の乳首を含んで舐め回し、顔中で柔らかな膨らみを味わった。さらに腋の下にも顔を埋め込んで嗅ぎ、甘ったるく濃厚な汗の匂いで鼻腔を満たした。

そしてズンズンと股間を突き上げると、溢れた愛液が動きを滑らかにさせた。

「あん……、もっと……」

果林が、肌を密着させてせがみ、自分からも腰を遣いはじめた。

正樹は下から唇を重ねて舌を舐め回し、唾液をすすった。さらに美少女の開いた口に鼻を押し込み、湿り気ある甘酸っぱい匂いに酔いしれた。

「ね、ゲップしてみて」

彼は美少女へのアブノーマルな要求に、自分で激しく興奮してペニスを震わせた。

すると、人間ポンプの彼女はためらいなく、言われるまま胃の腑《ふ》の気体を逆流させ
ケフッと吐き出してくれた。

甘酸っぱい果実臭に、ほんのり生臭い成分が混じって鼻腔が刺激された。

「ああ、なんて可愛い匂い……」

「恥ずかしいから、もうイヤ……」

果林が言い、股間の快感に専念して動きを速めていった。

「じゃ、顔中ヌルヌルにして……」

正樹も言いながら、本格的にズンズンと股間を突き上げはじめた。

果林も息を弾ませながら舌を這わせ、生温かく清らかな唾液で彼の顔中をヌルヌルにまみれさせてくれた。

「い、いきそう……」

彼は急激に高まり、美少女の甘酸っぱい唾液と吐息の匂いに包まれながら突き上げを強めていった。

「いっちゃう……、アアーッ……！」

すると先に果林がオルガスムスに達し、膣内を収縮させながらガクガクと狂おしい痙攣を開始したのだった。もう完全に一人前の快感を得ているようで、彼は自分の手で彼女を開花させたという満足感の中、続いて絶頂に達した。

「く……！」

突き上がる大きな快感に呻きながら、彼は熱いザーメンを勢いよく柔肉の奥にほとばしらせてしまった。

「あう、熱いわ。もっと……！」

噴出を感じた果林が言い、飲み込むようにキュッキュッときつく締め付けた。

正樹も溶けてしまいそうな快感を味わいながら動き、最後の一滴まで出し尽くしていった。

そして満足して突き上げを弱めていくと、果林も徐々に肌の強ばりを解いて力を抜き、グッタリと彼にもたれかかってきた。

やがて汗ばんだ肌を密着させ、互いに動きを止めたが、まだ膣内は収縮を繰り返していて、刺激された幹がヒクヒクと震えた。正樹は、美少女のかぐわしい息を嗅いで余韻を味わい、果林の重みと温もりを受け止めた。

「気持ち良かった？」

「ええ、すごく……」

囁くと、果林は荒い息遣いを震わせながら小さく答えた。これで、もう常に彼女も大きなオルガスムスが得られることだろう。

ようやく呼吸を整えると、果林はそろそろと股間を引き離し、チリ紙で手早く割れ目を拭い、正樹の濡れたペニスも拭いてくれた。チリ紙は濡れると剝《は》がれて貼り付くので、それも彼女は爪の先で丁寧に取り去ってくれた。

「ね、むーさんには、もっといろいろなことを要求されたりしない？」

「ええ、あの人は決して私に触れないわ。それで構わないんですって」

気になって訊いてみたが、果林も素直に答えてくれた。

どうやら心配はなく、無三もセックスや射精より、美少女とのあのような遣り取りで充分らしい。

「じゃ、私もお湯屋へ行ってきます」

普段着に着替えた果林が言い、正樹を残して部屋を出ていったのだった。

第四章　二人の美女に挟まれて

1

「じゃ、明日香。ここへ来て」

菜穂が言い、門弟の一人である十九歳の明日香を呼んだ。

今日は稽古も休みで、菜穂は最初から部屋に布団を敷いて戸締まりをし、そこに正樹も来ていた。

昨日一日は淫奇館の客入りも多くて真砂子や果林の方は忙しく、正樹は掃除をする程度で、あとは何もすることはなくのんびりと過ごしていたのだ。まあ連日射精ばかりしていたから、骨休めの感じである。静香も、まだこの時代に姿を現すことはなかった。

そして今日、正樹は昼過ぎに約束通り菜穂の道場を訪ねて来たのだった。

女子大生の明日香は、菜穂が可愛がっている門弟の一人で、レズごっこの相手でもある。

おかっぱが愛くるしい、少女の面影を残す可憐な娘だった。それが不安と好奇心の入り混じった眼差しで正樹を見ていた。

「じゃ、正樹さん、脱いで寝て」

言われると、正樹もすっかり勃起しながら手早く帯を解いて、着物と褌を脱ぎ去った。来る途中で湯屋に寄り、身体はすっかり綺麗にしてある。

布団に仰向けになると、明日香は両手で顔を覆い、隙間から恐る恐る男の全裸に視線を向けてきた。

「さあ、じゃ男の人を観察する前に、私たちも脱いじゃいましょうね」

「はい……」

菜穂が言って脱ぎはじめると、明日香も答えてブラウスのボタンを外しはじめた。

明日香も良い家のお嬢さんらしいが、物怖じせず好奇心を前面に出し、また菜穂の言いつけには全面的に従うようだった。

脱いでいくうち、二人の服に籠もっていた熱気が解放され、甘ったるく混じり合って室内に立ち籠めてきた。

菜穂は一昨日の快感が忘れられず、今日も淫気を全開にしたように目を輝かせていた。一方の明日香もモジモジと羞《は》じらいながらも脱いでいき、みるみる処女の白く滑らかな肌を露わにしていった。

明日香は最後の一枚をためらったが、菜穂が脱ぎ去ると、決心して全裸になった。なかなか形良い乳房をし、茂みは淡いが尻の丸みが豊かで魅力的だった。

「じゃ、こっちへ来て、私がする通りにして」

菜穂が言って、仰向けの正樹の足の方に座って屈み込んだ。

そして何と、いきなり彼の左足裏を舐め回し、ためらいなく爪先にもしゃぶり付いてきたのである。

「あう、そんなことしなくていいですよ……」

正樹は驚いて呻いた。する分には良いが、される側になると申し訳ないような気持ちになってしまった。

「いいのよ、じっとして。されたいことを先にしてみたいの。さあ明日香も」

菜穂が言い、彼の指の股に順々に舌を割り込ませると、明日香も右足の裏を舐めてくれ、同じように指の間に舌を挿し入れてきたではないか。

「ああ……」

正樹は妖しい快感に喘ぎ、屹立した幹をヒクヒク震わせた。

何やら生温かなヌカルミでも踏んでいるような感覚で、たちまち全ての指の股が美女たちの唾液にまみれた。

菜穂が彼を大股開きにさせ、脚の内側を舐め上げてくると、少し遅れて明日香も同じように舌を這わせてきた。そして内腿を這い上がると、二人の熱い息が股間で混じり合った。

「見て、こうなっているのよ」

「何だか、気味が悪いです……」

彼の股間で、美女二人がヒソヒソと話し合い、熱い視線を向けてきた。

「触ってみて。先に金的から、二つ玉が入っているから」

菜穂が言い、自分から陰嚢を撫で回してきた。すると明日香も、そろそろと指先で触れ、睾丸を確認してきた。

「本当……、何だかお稲荷さんみたいだわ……」

いったん触れると度胸が付いたように、明日香も言いながらいじり回した。

「じゃ、一緒に舐めましょうね」

菜穂は、明日香の顔を押しやりながら頬を寄せ合い、一緒に唇で触れてきた。

陰嚢に、二人が同時に舌を這わせ、それぞれの睾丸を転がすと、

「アア……」

正樹は何とも言えないゾクゾクする快感に喘いだ。

元々レズ関係にあったから、女同士の舌が触れ合っても気にならないようで、たちまち袋全体は二人のミックス唾液に生温かくまみれた。

舐め尽くすと菜穂は気が済んだように舌を引き離し、今度は彼の両脚を浮かせて尻に迫った。

「ここもよ。私が先に舐めるから明日香もちゃんと中までベロの先を入れてあげて」

菜穂が言ってチロチロと肛門を舐め回し、ヌルッと舌先を潜り込ませてきた。

「あう……」

正樹は快感に呻き、キュッと肛門で舌を締め付けた。内部で舌が蠢《うごめ》くたび、内側から刺激されるようにヒクヒクとペニスが上下した。

やがて菜穂が離れると、明日香も、菜穂の唾液によって清められたから大丈夫と思っているのか、舐め回してくれた。そして同じように滑らかな舌先が潜り込んできたので、彼は味わうようにモグモグと締め付けた。

そして明日香が舌を離すと脚が下ろされ、二人はペニスに迫ってきた。

「これが男のものよ。今は興奮しているから勃《た》っているけど、普段は小さくて柔らかいわ」

「こんなに太くて大きなものが入るのかしら……」

「女も興奮すれば濡れるから、滑らかに入るわ。最初は少し痛いけれど、そのうちすごく気持ち良くなってくるの。じゃ触ってみて」

菜穂が、また先に幹や亀頭に指を這わせて言った。

明日香も恐る恐る指で触れ、促されてやんわり握ったりしてきた。

「じゃ舐めるわ。決して歯を当てないように」

菜穂が言って幹の裏側を舐め上げると、明日香も顔を寄せて舌を這わせてくれた。

美女たちの舌先が裏筋と側面を這い上がり、先端まで達してきた。先に菜穂が、粘液の滲む尿道口をチロチロと舐めてから離れると、すぐに明日香も同じように舐め回してくれた。

股間に熱い息が混じり、微妙に感触の違う舌先が連続して這い回ると、正樹は我慢できないほど高まってしまった。

そして菜穂が張りつめた亀頭をしゃぶり、モグモグと根元までたぐるように呑み込んで、口腔を締め付けてチュッと吸い付いてきた。

「アア……」

正樹が喘ぐと、菜穂はスポンと口を離し、明日香も先端から深々と含んでいった。

無垢な口が肉棒を呑み込み、幹を締め付けて吸い、クチュクチュと舌が蠢いた。

たちまち彼自身は、二人分の混じり合った生温かな唾液にまみれ、激しい快感にヒクヒクと震えた。

口腔の温もりや舌の蠢きも異なり、どちらも実に心地よかった。

さらに二人は一緒になって亀頭をしゃぶり、交互にスポスポと含んで吸い付いては交代した。それはまるで、美しい姉妹が一本のキャンディでも同時に舐めているようだった。

「い、いきそう……」

我慢しきれず、正樹は暴発を堪え、必死に肛門を引き締めて言った。

「構わないわ。出るところを見せたいし、どうせ続けて出来るでしょうから」

菜穂が言ってくれ、なおも二人で強烈な舌遣いと吸引を繰り返した。

もう彼は、どちらの口に含まれているか分からないほど快感に朦朧《もうろう》となり、とうとうそのまま昇り詰めてしまった。

「いく……、あぁッ……！」

正樹は絶頂の快感に身悶えながら喘ぎ、熱い大量のザーメンをドクンドクンと勢いよくほとばしらせた。

「ンンッ……！」

ちょうど含んでいた明日香が喉を直撃されて呻き、慌てて口を離した。

「飲んで。毒じゃないから」

菜穂が言い、噴出を明日香に見せてから、すぐに自分も含んで余りを吸い出してくれた。

「あうう……、気持ちいい……」

吸われると、何やら魂《たましい》まで吸い取られるような激しい快感が突き上がった。

明日香も、何とか第一撃の濃いものをコクンと飲み干しながら、成り行きを見守っていた。

正樹も全て出し尽くし、反り返って硬直していた全身から力を抜いてグッタリとなった。なおも亀頭を含んだまま余りのザーメンをゴクリと飲み込み、ようやく口を引き離した。

そして明日香と一緒にペニスに顔を寄せ、幹をしごくと、尿道口から滲む余りの雫《しずく》まで二人で丁寧に舐め取ってくれたのだった。

「ああ……、ど、どうか、もう……」

正樹は過敏に反応し、クネクネと腰をよじりながら降参した。

「生臭いわ……、これが生きた子種なのね……」

ようやく二人で舌を引っ込めて顔を上げると、明日香が僅かに眉をひそめて言い、それでもチロリと無邪気に舌なめずりしたのだった。

2

「さあ、回復するまでどうしたらいいかしら。何でも言って」

菜穂が言うので、正樹は荒い呼吸を繰り返し身を投げ出したまま答えた。

「二人で、足裏を僕の顔に……」

「まあ、そんなことされたいのね。いいわ。じゃ明日香」

促し、二人は一緒に立ち上がった。

そして正樹の顔の左右に立ち、互いに身体を支え合いながら、そろそろと片方の足を浮かせ、彼の顔に乗せてきたのである。

「あん、いいのかしら、こんなこと……」

明日香が声を震わせたが、何しろ大好きな菜穂が一緒だから心強いようだ。

正樹は二人の足裏を顔中に受け、うっとりとしながら舌を這わせた。

それぞれの指の間に鼻を押し付けると、どちらも汗と脂に湿り、蒸れた匂いが濃厚に沁み付いていた。

やはり二人とも期待が大きく、すっかり汗ばんでいたのだろう。

それに真下から見ると、二人の内腿の付け根が艶《なま》めかしく、菜穂の方はすでに愛液を溢れさせ、内腿に伝わらせているではないか。

爪先にしゃぶり付いて順々に指の股に舌を割り込ませると、

「ああん、くすぐったい……」

明日香が声を震わせ、菜穂にしがみついた。

正樹は二人の指をしゃぶってから足を交代させ、新鮮な味と匂いを心ゆくまで堪能したのだった。

「じゃ、菜穂先生からしゃがんで」

正樹が言うと、先に菜穂が彼の顔に跨《また》がり、トイレに入るようにしゃがみ込んできた。引き締まった脚がＭ字になり、内腿がムッチリ張り詰めて、濡れた割れ目が鼻先に迫った。

その大胆な姿に、傍《かたわ》らで見ている明日香が肩をすくめていた。

正樹は腰を抱き寄せ、真下から茂みに鼻を埋め込み、隅々に沁み込んだ汗とオシッコの匂いを貪り、濡れた柔肉に舌を這わせていった。

淡い酸味のヌメリをすすりながら、息づく膣口の襞から大きめのクリトリスまで舐め上げていくと、

「アアッ……、いい気持ち……！」

菜穂が熱く喘ぎ、ヒクヒクと引き締まった下腹を波打たせた。

味と匂いを貪ってから、尻の真下にも潜り込み、顔中に双丘を受け止めながら谷間の蕾に鼻を埋めて嗅ぐと、生々しい微香が胸を満たしてきた。

舌を這わせて襞を濡らし、ヌルッと潜り込ませて粘膜を探ると、

「あう……！」

菜穂が呻き、キュッと肛門で舌先を締め付けてきた。

「も、もういいわ、明日香にしてあげて……」

やがて菜穂も夢中になる前にそう言って腰を浮かせ、明日香に場所を空けた。

明日香も、そろそろと跨がってしゃがみ込んできた。

処女の太腿がムッチリと量感を増し、無垢な割れ目が鼻先に迫った。

さすがにはみ出した陰唇は清らかな薄桃色で、指を当てて広げると、微かにクチュッと湿った音がして膣口が覗いた。

ポツンとした尿道口も確認でき、包皮の下からは小粒のクリトリスが顔を覗かせていた。

しかし蜜がたっぷりと溢れているのは、すでに女同士による快感を知っているからなのだろう。

正樹は同じように腰を抱き寄せ、楚々とした淡い若草に鼻を擦りつけて嗅いだ。汗とオシッコの匂いに混じっている、ほのかなチーズ臭は処女特有の恥垢《ちこう》によるものなのだろう。

彼は無垢な匂いを貪ってから舌を這わせ、中に潜り込ませてクチュクチュと膣口を掻き回すと、やはり淡い酸味のヌメリが感じられた。

そしてクリトリスまで舐め上げていくと、

「あぁッ……、は、恥ずかしいです……」

明日香は快感より、男の顔にしゃがみ込んでいる状況に声を震わせ、座り込まないよう彼の顔の左右で懸命に両足を踏ん張っていた。

正樹は味と匂いを堪能し、同じように尻の真下に潜り込んだ。

顔中にひんやりした双丘を受けながら、谷間の可憐な蕾に鼻を埋め込んだ。

秘めやかな微香が籠もり、悩ましく鼻腔を刺激してきた。

胸いっぱいに嗅いでから舌を這わせると、

「ヒッ……！」

明日香が息を呑み、激しく反応した。どうもクリトリスより、アヌスの方が感じるのかも知れない。正樹はチロチロとくすぐるように舐め回し、ヌルッと潜り込ませて粘膜を味わった。

「アアッ……、変な気持ち……」

明日香が声を上げ、モグモグと肛門で舌先を締め付けてきた。

割れ目から溢れる蜜も増してゆき、とうとう彼の鼻先にトロリと滴《したた》った。

正樹は再び割れ目に舌を戻してヌメリをすすり、クリトリスに吸い付いていった。

「ああ……、い、いい気持ち……」

今度は普通に反応してきたので、股間の全てを刺激され、すっかり高まってきたようだった。

「も、もうダメ……」

しゃがみ込んでいられなくなった明日香が両膝を突いて言い、さらに彼の顔中に突っ伏してしまった。

「いいわ、じゃ私から先に入れるから見ていて」

菜穂が言って、明日香が正体を失う前に引き離して横たえた。

そして屈み込み、すっかりピンピンに回復しているペニスをしゃぶってヌメリを与えると、身を起こして跨がってきた。

息を弾ませながら、横から明日香もじっと成り行きを見つめていた。

菜穂は腰を沈め、屹立したペニスをヌルヌルッと滑らかに根元まで受け入れて股間を密着させた。

「アア……、いいわ……」

彼女が顔を仰け反らせて喘ぎ、ぺたりと座り込んだ。

正樹も肉襞の摩擦と温もりに包まれ、キュッときつく締め付けられて快感を嚙み締めた。

しかし、後が控えているから、菜穂の中で漏らしてしまうわけにいかないので、懸命に肛門を引き締めて暴発を堪えた。もっとも、さっき二人の口に出したばかりなので、少々動かれても保てるだろう。

菜穂も、彼の胸に両手を突っ張り、上体を反らせ気味にすると、徐々に勢いをつけて股間を擦りつけてきた。

「す、すぐいきそう……、なんて気持ちいい……」

菜穂が声を上ずらせ、急激に絶頂を迫らせて膣内の収縮を活発にさせた。やはり一対一ではなく、可愛がっている明日香も一緒だから、高まりも二倍の速さでやって来たようだった。

正樹も両手を伸ばし、菜穂の乳房を揉んでやり、少しでも早く済むよう股間を突き上げはじめた。

「ああッ……、もっと……！」

やがて菜穂が覆いかぶさり、自ら胸を突き出して彼の口に乳首を押し付けてきた。

彼もチュッと吸い付いて舌で転がし、濃厚に甘ったるい体臭に包まれた。

左右の乳首を交互に含んで舐め、軽く歯を立てると、

「も、もっと強く……、い、いく……、アアーッ……！」

刺激された菜穂が声を上ずらせ、そのまま大量の愛液を漏らしながらガクガクと狂おしいオルガスムスの痙攣を開始してしまった。

正樹も激しく股間を突き上げ、菜穂の腋《わき》にも鼻を埋め込んで汗の匂いに噎《む》せ返り、

とにかく彼女の波が治まるのを待った。

「ああ……、良かったわ、すごく……！」

ようやく菜穂が肌の硬直を解いて言い、グッタリともたれかかってきた。

正樹も充分に高まったものの、辛《かろ》うじて漏らさずに済んだ。

やはり明日香が楽しみであり、処女で、初めて挿入する相手がいるというのは嬉しいことであった。

菜穂は荒い呼吸を繰り返しながら、懸命に身を起こして股間を引き離すと、明日香とは反対側にゴロリと横になった。

「さあ、今みたいにしてみて。見ていてあげるから……」

菜穂に言われ、明日香も身を起こしてきた。恐れる様子はなく、むしろ好奇心に突き動かされ、いま菜穂が見せたような、凄まじい快感を得たいと思っているのかも知れない。

明日香はそろそろと跨がり、湯気さえ立てんばかりに菜穂の愛液にまみれている先端に濡れた割れ目を押し当ててきた。

自ら位置を定めると、ゆっくり腰を沈めていった。

張りつめた亀頭が処女膜を丸く押し広げて潜り込むと、あとは潤いと重みに任せ、ヌルヌルッと滑らかに根元まで嵌《は》め込んでいった。

「あぁッ……！」

明日香が眉をひそめて喘ぎ、完全に股間を密着させて座り込んだ。

さすがに狭いが、ヌメリが充分なので深々と納まり、正樹は熱いほどの温もりときつい締め付けを味わった。

彼女も初回からオルガスムスを得るわけもないから、長引かせる必要もない。好きなときに射精して良いので気が楽だった。

しかし早々と果てるのは勿体《もったい》ないので、まだ動かず、正樹は両手を伸ばし、身を強ばらせている明日香を抱き寄せていった。

3

「痛いかな。我慢して。みんなすることだから」

「ええ……、大丈夫です……」

正樹が気遣って囁くと、明日香が小さく答えた。

彼は顔を上げて潜り込むようにし、明日香の可憐な薄桃色の乳首に吸い付いて舌で転がした。しかし、やはり彼女の全神経は股間に集中しているようで、乳首への反応はない。

左右の乳首を順々に含んで味わい、もちろん明日香の腋の下にも鼻を埋め込んでいった。和毛《にこげ》が生ぬるく湿り、甘ったるい汗の匂いが濃く沁み付いて、悩ましく鼻腔を刺激してきた。

正樹は生娘《きむすめ》の体臭に包まれながら興奮を高め、様子を探るように小刻みにズンズンと股間を突き上げはじめた。

「アア……」

明日香も喘いだが、もう破瓜《はか》の痛みは麻痺したようで、それほど大変そうでもなかった。そんな明日香の初体験を見守っていた菜穂も、息を吹き返したように彼女の背を撫でてやっていた。

正樹も、いったん動くとあまりの快感に気遣いも忘れ、次第に勢いをつけて動きはじめてしまった。そして明日香の白い首筋を舐め上げ、喘ぐ口に迫っていった。

お嬢様の口から洩れる息は熱く湿り気があり、果林のものと同じように甘酸っぱい芳香が含まれていて、嗅ぐたびに彼の鼻腔を掻き回してきた。

胸いっぱいに嗅いでから唇を重ね、舌を挿し入れて滑らかな歯並びを舐め、生温かな唾液に濡れた舌を探った。

するど、淫気を甦《よみがえ》らせたように隣の菜穂まで一緒に顔を割り込ませてきたのだ。

明日香は別に邪魔されたふうでもなく普通にしているが、正樹は驚き、美女二人の唇を同時に感じて興奮を高めた。

そして二人が舌を伸ばしてくるので、彼もそれぞれの滑らかな舌を舐め回し、混じり合った唾液をすすった。菜穂の息は花粉臭の甘い刺激を含み、それが明日香の甘酸っぱい果実臭に混じって艶めかしく鼻腔を掻き回してきた。

美女のミックス唾液と吐息を味わえるなど、これほどの贅沢な至福のときがあるだろうか。

正樹はズンズンと股間を突き動かし、摩擦快感に高まっていった。

「アア……」

深く突かれるたび、明日香も熱く喘いでかぐわしい息を漏らし、まるで感覚が伝わり合うかのように菜穂も喘ぎ、横から肌を押し付けてきた。

蜜も量を増して動きが滑らかになり、ピチャクチャと湿った摩擦音も響いてきた。

「唾を垂らして……」

正樹が快感に任せてせがむと、先に菜穂が唾液を口に溜め、クチュッと彼の口に垂らしてくれた。すると明日香も真似をし、ためらいなくトロリと、白っぽく小泡の多い唾液を吐き出してくれたのだ。

彼は混じり合った美女たちの唾液を味わい、うっとりと飲み込んだ。

「顔中もヌルヌルにして……」

さらに言うと、やはり先に菜穂が彼の鼻筋に唾液を垂らし、それを舌で塗り付けると、明日香も懸命に舌を這わせてくれた。

たちまち正樹の顔中は、生温かなミックス唾液でパックされたようにヌルヌルにまみれ、甘酸っぱい匂いが鼻腔を刺激してきた。

「い、いく……！」

とうとう正樹は強烈な愛撫に口走り、大きな絶頂の快感に全身を包み込まれてしまった。同時に、ありったけの熱いザーメンがドクンドクンと勢いよく明日香の中にほとばしった。

「あう、感じる……」

噴出を受け止めた明日香が口走り、キュッときつく締め付けてきた。

まだオルガスムスには程遠いが、この分なら果林と同じぐらい早く絶頂が得られることだろう。

絶頂の快感の最中ばかりは気遣いも吹き飛び、正樹は股間をぶつけるように激しく突き上げ、心置きなく最後の一滴まで出し尽くしてしまった。

大きな満足とともに動きを弱め、力を抜いていくと、

「アア……、とうとう大人になったわ……」

明日香も言い、力尽きたように全身の強ばりを解くと、グッタリと彼に体重を預けてきた。

正樹は上からの明日香の重みと、横から密着する菜穂の温もりを味わいながら、まだ収縮する膣内でヒクヒクと幹を過敏に震わせた。

そして二人の顔を引き寄せ、混じり合ったかぐわしい吐息を胸いっぱいに嗅ぎながら、うっとりと快感の余韻を味わったのだった……。


——三人は身を起こし、全裸のまま風呂場へと移動した。菜穂が準備して、今日はちゃんと沸かしておいてくれたのだ。

三人は湯で全身を洗い流した。

明日香は、ほんの少し出血はあったが、すぐに止まっていたし、まだ多少の異物感は残っているようだが、不快そうではなかった。

やがて正樹は、浴室内に籠もる二人分の甘い体臭に股間が疼き、例のものを求めてしまった。

「ね、ここに立って、僕の肩を跨いで」

彼は簀の子に座ったまま言い、二人を左右に立たせて両肩を跨がせ、顔に股間を向けさせた。

「オシッコをかけて」

「まあ……」

言うと、明日香が声を洩らしビクリと尻込みした。

しかし菜穂は予想していたように股間を突き出し、しかも自ら指を当てて陰唇を広げたので、明日香も意を決して同じようにした。後れを取ると、なおさら出なくなると思ったのだろう。

正樹は顔に突き出された割れ目に交互に顔を埋め、内部に舌を這わせた。

残念ながら恥毛に籠もっていた濃厚な匂いは薄れてしまったが、二人とも新たな愛液を漏らし、すぐにも淡い酸味のヌメリで舌の動きを滑らかにさせた。

そして二人は、膝をガクガク震わせながら、懸命に息を詰めて尿意を高めはじめてくれた。

やはり先に、菜穂の方が出そうになったか、割れ目内部の柔肉が迫り出すように盛り上がり、味わいと温もりが変化してきた。

「あう……、出るわ……」

菜穂が言うなり、チョロチョロと温かな流れがほとばしり、正樹の口に注がれてきた。先日より味と匂いがやや濃かったが、その刺激も艶めかしく、彼は夢中で受け止めた。

「アア……、出ちゃう……」

と、明日香も、彼の顔が菜穂の方に向いている間に尿意が高まったか、口走ると同時に温かな流れが彼の肌を濡らしてきた。

そちらを向いて舌に受けると、こちらは味も匂いも実に淡く控えめで、飲み込むにも何の抵抗もなかった。

その間も、菜穂の流れが勢いを増して温かく肌を伝い流れ、ムクムクと回復してきたペニスを心地よく浸してきた。

正樹は交互に二人の割れ目に舌を這わせて味わい、全身に温かな流れを浴びて陶然となった。混じり合った匂いも艶めかしく、すぐにも彼自身はピンピンに勃起し、元の硬さと大きさを取り戻してしまった。

先に菜穂の流れが治まり、続いて明日香も放尿を終えた。彼は残り香の中で、それぞれの割れ目を舐めて余りの雫をすすった。

「も、もうダメ……」

二人とも力尽き、座り込んでしまった。

正樹は抱き留めると、もう一度全員で湯を浴びて、彼女らを支えながら立ち上がり、身体を拭いて全裸のまま布団に戻った。

「すごいわ。またこんなに勃って……」

菜穂が彼の股間を見て息を呑んだ。

「ね、今度は私の中でいって。明日香は、今日は一回きりで充分だろうから」

菜穂が言う。確かに明日香は、今日また挿入するのは酷《こく》だろう。

それでも愛撫は二人がかりでしてくれた。

正樹が仰向けになると、二人は顔を寄せ合ってペニスをしゃぶってくれ、混じり合った唾液にどっぷりと浸した。

すると菜穂が身を起こして跨がってきた。もう自分も充分に濡れているので、少しでも早く一つになりたいのだろう。

先端を膣口に受け入れ、一気にヌルヌルッと呑み込んで股間を密着させた。

「アアッ……、すごい……」

菜穂が顔を仰け反らせて喘ぎ、キュッときつく締め付けてきた。

そして菜穂が身を重ねてきたので、正樹も抱き留め、添い寝してきた明日香の顔も引き寄せ、また三人で舌をからめはじめた。

混じり合ったかぐわしい息と生温かな唾液を吸収しながら、正樹はズンズンと股間を突き上げはじめていった。

「ああ……、もっと突いて……！」

菜穂が声を上ずらせ、すぐにも絶頂を迫らせたようだった……。

4

「どうも、ここのところ人間ポンプの技が上手くいかないようになってきたの」

夜、正樹が寝ている楽屋に果林が来て言った。

「え？　どうしたの。身体の具合でも悪い……？」

正樹も、心配になって訊いた。もう寝しなな時なので、果林も寝巻姿である。

「ええ、しきりに生唾が湧いて、飲み込むのが追いつかなくて枕元に灰吹きを置いたり、蜜柑ばかり食べたくなったり」

果林が言う。灰吹きとは、煙草の灰を入れる竹筒だが、それを痰壺《たんつぼ》代わりにしているのだろう。

「ま、まさか、もう妊娠……？」

正樹は驚いて言った。あるいは未来人の種だから、成長が早いのだろうか。

「そのうち、お母さんに相談してみるわ」

「うん……」

正樹は答えたが、戸惑いと混乱の中でもムクムクと勃起してきてしまった。

もしこの時代に残るのなら、果林と結婚しても良いと思っている。しかし静香の協力で、平成へ帰れるのだとしたら、果林の身の振り方を考えておかなければならなかった。

とにかく、あとのことは真砂子の意見を聞こうと思った。

果林も身を寄せてきたので会話を止め、正樹は一緒に布団に横になった。もう真砂子は、部屋で寝ているようだ。

「今もいっぱい出るなら、唾を飲ませて……」

仰向けになって囁くと、果林も上からピッタリと唇を重ね、トロトロと生温かな粘液を注ぎ込んでくれた。うっすらと甘い味がし、吐息の果実臭もいつになく濃厚に鼻腔を刺激してきた。

舌をからませると、果林もチロチロと蠢かせてくれ、その間も生温かな唾液が吐き出された。

美少女の吐息と唾液に酔いしれながら寝巻を脱ぐと、彼女も帯を解いてたちまち互いに全裸になった。果林を仰向けにさせて薄桃色の乳首に吸い付き、舌で転がしながら柔らかな膨らみに顔中を押し付けた。

「アア……」

彼女もすぐに熱く喘ぎ、クネクネと身悶えはじめた。

正樹は左右の乳首を味わい、腋の下に鼻を埋め、湿った和毛に沁み付いた甘ったるい汗の匂いを貪り、滑らかな肌を舐め降りていった。

愛らしい縦長の臍《へそ》を舐め、張りのある下腹に顔を押し付けると心地よい弾力が返ってきた。この中に、自分の子が息づいているかも知れないのである。

腰からムッチリした太腿をたどり、脚を舐め降りていった。

足裏に顔を埋めて舌を這わせ、指の股に鼻を割り込ませ、汗と脂に湿ったムレムレの匂いを嗅いでから爪先にしゃぶり付いた。

「あん……、くすぐったいわ……」

果林が、いつになく敏感に反応して言い、指を縮こめた。

正樹は両足とも味と匂いを貪り尽くし、脚の内側を舐め上げ、白く滑らかな内腿をたどって股間に迫った。

すでに割れ目はネットリとした清らかな蜜に潤い、指で陰唇を広げると膣口が息づき、光沢あるクリトリスも精一杯ツンと突き立っていた。

堪らずに顔を埋め込み、柔らかな若草に鼻を擦りつけると、濃く甘ったるい汗の匂いに、ほのかな残尿臭も混じって悩ましく鼻腔を掻き回してきた。

正樹は、この時代で妻になるかも知れない美少女の匂いで胸を満たし、舌を這わせていった。

淡い酸味のヌメリを掻き回し、膣口からクリトリスまで舐め上げていくと、

「アアッ……、いい気持ち……」

果林がビクッと顔を仰け反らせ、彼の両頬を内腿できつく挟み付けながら喘いだ。

正樹はもがく腰を抱え込んで押さえ、チロチロとクリトリスを刺激しては溢れる蜜をすすり、さらに両脚を浮かせて尻に迫った。

大きな水蜜桃《すいみつとう》のような丸みに頬ずりし、谷間の蕾に鼻を埋めて秘めやかな匂いを

貪った。そして舌を這わせて震える襞を濡らし、ヌルッと潜り込ませて滑らかな粘膜を味わった。

「く……」

果林が息を詰めて呻き、キュッと肛門で舌先を締め付けてきた。

正樹は舌を蠢かせ、再び割れ目に顔を埋め込みながら身を反転させ、果林の顔に跨がった。

すると彼女も、舌からチュッと亀頭に吸い付いてくれ、熱い鼻息で陰嚢をくすぐってきた。シックスナインの体勢で、彼は果林のクリトリスを吸い、彼女も正樹の亀頭を激しくしゃぶってくれた。

「アアッ……、もうダメ……」

絶頂を迫らせた果林がスポンと口を離して言うと、ようやく彼も顔を上げて向き直った。そして股を開かせて股間を進め、先端をあてがい、正常位でゆっくり挿入していった。

「あう……、いい……」

ヌルヌルッと根元まで嵌め込むと、果林が呻いて言い、キュッときつく締め付けてきた。正樹が肉襞の摩擦と温もりを感じながら身を重ねると、彼女も両手でシッカリとしがみついた。

胸の下では乳房が押し潰れて心地よく弾み、柔肌が密着して恥毛が擦れ合った。

徐々に腰を動かすと、恥骨の膨らみがコリコリと伝わってきた。

「ああ……、いいわ、もっと強く……」

果林がせがみ、ズンズンと股間を突き上げてきた。

あまり体重をかけない方が良いだろうし、乱暴に動けないが、正樹も次第にリズミカルに腰を動かしていった。

上から唇を重ねて舌をからめ、生温かく溢れる唾液をすすって喉を潤し、甘酸っぱい息を嗅ぎながら彼は急激に高まっていった。

「い、いく……！」

果林が口を離して仰け反り、膣内の収縮が活発になっていった。

同時に正樹も昇り詰め、大きな快感の中で勢いよくドクドクと熱いザーメンをほとばしらせてしまった。

「き、気持ちいいわ……、ああーッ……！」

噴出を受けた果林が激しく身を反らせて喘ぎ、ガクガクとオルガスムスの痙攣を開始した。

正樹も心ゆくまで快感を味わい、最後の一滴まで出し尽くしていった。

満足しながら動きを止め、そろそろともたれかかると彼女も身を投げ出した。

キュッキュッと締まる膣内で、過敏になったペニスも何度かヒクヒクと震え、彼は美少女の甘酸っぱい吐息を胸いっぱいに嗅ぎながら、うっとりと快感の余韻に浸り込んでいったのだった……。

5

「どうも、果林の調子が悪いので、引退させようと思っているのよ」

翌日の午前中、真砂子が楽屋へ来て正樹に言った。今日は淫奇館も、休館ということにしてしまったようだ。

果林は今、医者に行って診てもらっている。

「そうですか。看板娘がいなくなると、客入りにも影響するでしょうね」

「ううん、他の芸人さんたちも出たがっているから、しばらくは大丈夫だわ。それより、果林が本当に孕《はら》んでいたら」

「ええ……」

正樹は不安げに頷いたが、真砂子は別に咎めようとしているわけではない。

「どこかに預けたいのだけれど、正樹さん、家が鎌倉にあると言っていたわね」

「あ、ありますけど……」

「そこで果林を預かってもらえないかしら」

「え……」

正樹は驚いた。

鎌倉に家があるといっても、それは彼の先祖、曾祖父母のさらに上ぐらいの人たちが住んでいるのだろう。さすがに、そこまで遡《さかのぼ》ると名前も分からない。

「実は、清光様のお告げがあったの。正樹さんの実家に預けるのが一番良いという」

「あの、清光様に会ってみたいのですけれど……」

「ええ、会わせるわ。今日もし果林の妊娠が分かったら、昼過ぎにでも一緒に鎌倉へ行ってもらって、明日帰ってきたら、必ず会わせるから」

「わ、分かりました……」

正樹は不安ながら、鎌倉へ行ってみたいという気持ちも湧いてきて頷いていた。

ただ、鎌倉の同じ場所にずっと大原家はあったと聞いていたが、いきなり行って大丈夫なのだろうか。しかし、清光のご神託があったということなら大丈夫そうな気もしていた。

「そう、これで安心だわ。果林のことは、あとは正樹さんに任せるので、籍を入れるなり愛人にするなり好きにして」

「ちゃ、ちゃんと責任を取りますので」

「ええ、何も心配していないわ」

真砂子は正樹よりよほど清光のお告げを信頼しているのか、本心からほっとしたように言い、いきなり彼ににじり寄ってきた。

正樹も、いろいろ考えることは果林が帰ってからということで気持ちを切り替え、目の前の美熟女に専念することにした。

真砂子も淫気を全開にして帯を解き、手早く着物を脱ぎ去ってしまった。

正樹も全裸になり、布団に横たわった。腕枕してもらい、巨乳に手を這わせながら腋の下に鼻を埋め込んだ。

色っぽい腋毛の隅々には、今日も甘ったるい汗の匂いが生ぬるく濃厚に籠もり、悩ましく鼻腔を刺激してきた。

真砂子が仰向けの受け身体勢になっていったので正樹ものしかかり、コリコリと硬くなっている乳首にチュッと吸い付き、顔中を豊かな膨らみに押し付けて柔らかな感触を味わった。

「ああ……、いい気持ち……」

真砂子が熱く喘ぎ、悶えながら彼の髪を撫で回した。何やら娘婿としているような禁断の興奮を得ているのかも知れない。

正樹も、左右の乳首を順々に含んで念入りに舐め回した。

そして白く滑らかな熟れ肌を舐め降りてゆき、臍を舐めて張り詰めた下腹の弾力を味わい、腰からムッチリした太腿をたどっていった。

足首まで行って足裏に回り込んで舌を這わせ、指の股に鼻を割り込ませ、汗と脂に湿って蒸れた匂いを貪ってから、爪先にしゃぶり付いた。

「アアッ……！」

真砂子も、いつになく感じるように喘ぎ、彼も全ての指の股に舌を挿し入れて味わい、両足とも味と匂いを貪り尽くした。

脚の内側を舐め上げ、白く滑らかな内腿をたどると、熟れた割れ目はすでに大量の愛液にまみれ、艶めかしい熱気と湿り気が籠もっていた。

指で陰唇を広げると、果林が産まれ出てきた膣口が、白っぽい粘液を滲ませて息づき、真珠色のクリトリスも愛撫を待ってツンと突き立っていた。

吸い寄せられるように顔を埋め込み、柔らかな茂みに鼻を擦りつけて嗅ぐと、今日も汗とオシッコの匂いが濃厚に沁み付き、悩ましく鼻腔を刺激してきた。

正樹は美熟女の匂いを貪りながら舌を挿し入れ、淡い酸味のヌメリを掻き回し、膣口の襞からクリトリスまで舐め上げていった。

「あう……、強く吸って……」

真砂子が、量感ある内腿でキュッときつく彼の両頬を挟み付けて呻いた。

彼も豊満な腰を抱え込み、上の歯で包皮を剝き、完全に露出したクリトリスを強く吸いながら、舌先で弾くように動かした。

「アア……、いい……」

彼女も何度かビクッと仰け反りながら喘ぎ、内腿に力を込めてきた。

さらに両脚を浮かせ、豊かな逆ハート型の尻に迫り、谷間の蕾に鼻を埋め込むと、顔中に心地よく双丘が密着した。

生々しい微香を嗅いでから舌を這わせて襞を濡らし、ヌルッと潜り込ませて粘膜を探ると、

「く……、ダメ……」

真砂子が息を詰めて呻き、キュッと肛門で舌先を締め付けてきた。

充分に味わってから再び割れ目に戻り、大洪水の愛液をすすり、クリトリスに吸い付いた。

「こ、今度は私が……」

真砂子が絶頂を迫らせて言い、身を起こしてきた。正樹が入れ替わりに仰向けになると、すぐにも彼女は屈み込み、彼の乳首に強く吸い付いた。

「あう……、嚙んで……」

熱い息で肌をくすぐられながら言うと、真砂子もキュッと前歯で乳首を挟んで刺激してくれた。正樹は甘美な痛み混じりの快感に身悶え、激しく勃起していった。

真砂子は左右の乳首を舐め回し、歯で愛撫し、そのまま肌を舐め降りていった。

大股開きになると彼女は真ん中に陣取って腹這い、まずは正樹の両脚を抱え上げてきた。

熱い息を籠もらせ、舌先がチロチロと興奮に這い回り、ヌルッと侵入すると、

「く……、気持ちいい……」

彼は妖しい快感に呻き、肛門でモグモグと味わうように美女の舌先を締め付けた。

真砂子も中で充分に舌を蠢かせ、熱い鼻息で陰嚢をくすぐった。

ようやく脚を下ろし、そのまま陰嚢を舐め回して睾丸を転がすと、いよいよ肉棒の

裏側をゆっくり舐め上げてきた。

滑らかな舌先が先端まで来ると、彼女は粘液の滲む尿道口を舐め回し、丸く開いた口でスッポリと根元まで呑み込んでいった。

「ンン……」

先端が喉の奥にヌルッと触れるほど含み、彼女は熱く鼻を鳴らした。

熱い息が恥毛をくすぐり、幹を締め付けて吸う唇がモグモグと蠢いて、口の中ではネットリと舌がからみついてきた。

「ああ……」

正樹は快感に喘ぎ、唾液にまみれた幹をヒクヒクと震わせた。

さらに彼女が顔を上下させ、スポスポと濡れた口で強烈な摩擦を繰り返し、正樹も股間を突き上げて快感を味わった。

「い、いきそう……」

彼が言うと、すぐに真砂子もスポンと口を引き離し、身を起こして前進してきた。

自分から跨がり、濡れた先端に割れ目を押し付け、位置を定めてゆっくり膣口に受け入れて座り込んでいった。

屹立したペニスはヌルヌルッと滑らかに根元まで納まり、彼女もピッタリと股間を密着させた。

「アア……、いいわ……」

真砂子は顔を仰け反らせて熱く喘ぎ、グリグリと股間を擦りつけてから身を重ねてきた。正樹も両手を回して抱き留め、僅かに両膝を立てながら、膣内の温もりと感触を味わった。

すると彼女が上からピッタリと唇を重ね、舌を潜り込ませてきた。

正樹もネットリとからみつけ、生温かな唾液にまみれて蠢く美女の舌を味わった。

そしてズンズンと小刻みに股間を突き上げはじめると、

「ああッ……、いい気持ち……」

真砂子が淫らに唾液の糸を引いて口を離し、熱く喘ぎながら合わせて腰を遣いはじめていった。

大量の愛液が動きを滑らかにさせ、肉襞が心地よく幹を擦り、クチュクチュと湿った摩擦音を響かせた。中は熱く締まりも良く、次第に互いの動きがリズミカルに一致していった。

彼女の喘ぐ口に下から鼻を押し付けて嗅ぐと、乾いた唾液の香りに混じり、真砂子本来の白粉《おしろい》のように甘い匂いが鼻腔を悩ましく刺激してきた。

今日は休館日なので化粧の匂いもせず、正樹は美女の熟れた口の匂いに酔いしれながら突き上げを激しくさせていった。

「い、いく……、気持ちいいわ……、アアーッ……！」

真砂子がオルガスムスに達し、声を上ずらせながらガクガクと狂おしい痙攣を開始し、膣内の収縮も最高潮になった。

「く……！」

続いて正樹も昇り詰め、大きな絶頂の快感に全身を貫かれながら、ドクンドクンと大量のザーメンを勢いよく中にほとばしらせてしまった。

「あう、熱いわ、もっと……！」

噴出を感じ、駄目押しの快感を得ながら真砂子が呻き、飲み込むように貪欲に締め付けてきた。

正樹は、徐々に下降線をたどりはじめた快感を惜しみつつ股間を突き上げ、心置きなく最後の一滴まで出し尽くしていった。

満足しながら突き上げを弱めていくと、

「アア……、良かったわ……」

真砂子も満足げに声を洩らし、熟れ肌の強ばりを解いて力を抜き、グッタリと彼にもたれかかってきた。まだ膣内は名残惜しげな収縮を繰り返し、刺激されたペニスがヒクヒクと過敏に跳ね上がった。

正樹は重みと温もりを感じ、白粉臭の甘い息を間近に嗅ぎながら、うっとりと快感の余韻を噛み締めた。

「さあ、休憩したらお湯屋へ行ってきなさい」

やがて呼吸を整えると、真砂子はそろそろと股間を引き離し、手早くチリ紙で割れ目を拭い、正樹のペニスも処理してくれた。

真砂子は、午後は新たに雇う芸人の面接があるらしい。

正樹は起き上がって身繕いをし、淫奇館を出て湯屋に行った。そして身体を洗い流し、ゆっくり湯に浸かって戻ると、すでに果林が帰っていた。

「やっぱり、出来ていました」

果林が笑顔で言い、真砂子も嬉しそうなので、正樹が思うほど深刻な事態ではないようだった。

今月に処女をもらい、こんなにすぐ分かるものなのだろうか。

しかし果林は、正樹以前に男を知っていたわけではなく、それは確かなことのようなので、どうやら確実に正樹の子であり、驚くほど成長が早いようだった。

「じゃ、お昼を済ませたら鎌倉へ行ってきなさい」

真砂子は言って昼食の仕度をし、正樹には電車賃と多めの小遣いとして壹圓札《いちえん》を一枚くれた。

壹圓札の肖像画は武内大臣《たけのうちのおおおみ》という白髭の老人で、この頃の月給が二十円ほどだから鎌倉まで二人で行って土産を買い、正樹一人帰るには充分すぎるほどだった。

やがて三人で昼食を済ませると、果林は余所《よそ》行きの着物を着て仕度を調《ととの》え、正樹も足袋《たび》と羽織を借りた。

「じゃ、行ってきます」

「ああ、身体に気をつけて、私も折を見て行くからね」

母娘はあっさりと言葉を交わし、やがて正樹は果林と一緒に、真砂子に見送られて淫奇館を出たのだった。

第五章　大正期の鎌倉で淫楽を

1

「気分は大丈夫かな。遠出だからね」

「ええ、とっても楽しみ」

正樹が気遣って言うと、果林は屈託のない笑顔で答えた。

二人で浅草から東京へ出て、東海道線で下っていた。もちろん電車になる前の蒸気機関車だから、正樹も乗るのは初めてだった。

これから自分の先祖に会うのだから、不安は大きいが果林は浮かれているようで、その笑顔が救いであった。四人掛けのボックスでシートは硬いが、車内は空いていて、果林は持ってきた蜜柑《みかん》を食べていた。

窓の外は、実に長閑《のどか》な風景が続いていた。

さすがに各駅の周辺は年の瀬で賑わっているが、走り出すとすぐ長閑な家並みと野山ばかりになった。

トンネルに入ると煙が入ってくるので窓を閉めるようだが、今は冬なので最初から閉めてある。

初めて東京を出る果林も景色を眺めては、口に溜まった生唾を持ってきた竹筒に吐き出していた。それを正樹は、周囲の人目を気にしながら飲んでしまったが、生温かな粘液はほのかに蜜柑の香りがして喉に心地よかった。

「正樹さんのご両親て、どんな人たち？」

「いや、前に言ったように僕は百年後から来たからね。これから会うのは僕の曾祖父の両親に当たるから、僕も初めて会うんだ」

「そう、不思議議ね」

果林は無邪気に言い、全く不安はないようだった。

やがて一時間半ほどで大船に着き、横須賀線に乗り換えた。横須賀線は明治時代、観音崎砲台や横須賀鎮守府などに物資を運ぶために出来た、一種の軍用列車として開設されたものである。

そして鎌倉に着いて降りたが、正樹は、何となく生まれ育った湘南らしい空気が感じられた。

木造の駅舎は小さいが、江ノ電も通っている。現代なら、鎌倉から由比ヶ浜まで二駅なのだが、この頃は、小町、倉屋敷、大町、琵琶小路、学校裏、和田塚、原ノ台、海岸通、そしてやっと由比ヶ浜だ。

「海だわ……！」

由比ヶ浜の駅で降りると、果林が一望に開けた相模湾を見渡して歓声を上げた。やはり生活に密着した東京湾の風景とは趣《おもむき》が違うのだろう。

正樹も、あまりに何もない風景でまた急に不安になってしまった。

ずっと昔から大原家の場所は変わらないと聞いていたが、果たしてあるのだろうかと思った。

「じゃ、家へ行こうか」

正樹は、潮風を深呼吸してから言って果林を促し、垣根の入り組んだ路地を進んでいった。

もうだいぶ日も傾いて、師走《しわす》の夕風が冷たかった。

そして見当をつけて角を曲がると、そこに一階建ての、割りに大きな家が建っていた。古い写真で見たことがあり、間違いなさそうだ。

戦後間もなく建て替えたと聞いていたので、この家は大震災にも崩れることはなかったのだ。

門に近づくと、大原徳治郎《とくじろう》、横に小さく澄江《すみえ》、と書かれていた。どうやら、これが曾祖父の両親の名のようだ。

門から中に入り、玄関を開けて声をかけた。

「ごめんください」

「おお、来たか。待っていたよ」

すると、すぐに奥から七十年配の主人が出てきた。これが徳治郎だろう。

「え？　どなたからか連絡が？」

「ああ、あった。とにかく上がりなさい」

言われて、正樹も下駄を脱いで果林と一緒に上がり込んだ。

座敷では、やはり同年配の澄江が茶を入れてくれていた。

「ほんに、間違いなく一族の顔ですわね」

澄江が、正樹の顔をまじまじと見て言う。

「ああ、爺さんは女遊びばかりだったからな、どこかで作った子だろう」

徳治郎も言う。そういえば二人とも、平成の世で存命している正樹の祖父母に似た雰囲気であった。

「正樹です。これは妻の果林」

とにかく二人は座り、深々と頭を下げて挨拶した。

「おお、聞いている。浅草から来たのだな」

「一体どなたから連絡が？」

「清光さんという人からの手紙だ。あれはどこへしまったかな」

「さて、あとで探しておきましょう」

正樹は、まだ会っていない清光の霊能力に舌を巻きながら、おかげでこうして混乱もなく迎えてもらえたことを有難く思った。

「この家はお二人だけ？」

「ああ、徳蔵《とくぞう》という息子がいたが、赤ん坊の時に病気で死んでしまい、以来ずっと二人きりだ。もし、果林さんの子が男の子なら、跡継ぎとして、徳蔵と名付けて構わんかな」

徳治郎が言い、正樹は愕然としていた。徳蔵というのは曾祖父の名ではないか。

してみると、正樹自身が自分の曾祖父の親だったのだ。

ならば、最初からこうした運命だったのであり、果林の子は間違いなく男の子なのだろう。

「はい、私も構いません。もう名前が決まったのですね」

正樹が呆然としながらも頷くと、横の果林が可憐に言い、そっと腹に手を当てた。

「とにかく、夕食にしよう。風呂は寝しなで良かろう」

徳治郎が言い、一同は客間から茶の間へと移った。

広い家で二人きりは寂しそうだが、この歓迎ぶりからすれば果林も産まれくる子供も大切にされるに違いなかった。

案ずることもなかったようで、正樹もようやくほっとしたものだった。

二人を待っていたので、すでに夕食の仕度は調い、澄江が一本つけてくれた。

煮魚に香の物に酢の物、切り干し大根に吸物。どれも旨く、正樹は軽く飲んでつまみながら二人と話したが、徳治郎は鉄道職員を引退、澄江はお針の内職をして、二人とも元気に暮らしているようだった。

「あなた、もしかしてあの手紙は新聞の広告と一緒に焚き付けにしてしまったかも」

「それは迂闊《うかつ》なことを。だが仕方がない。諦めよう」

徳治郎が笑って言い、正樹は清光の手紙を見ることは出来なかった。

それも運命だったのだろうと思い、むしろ老夫婦の仲の良さが微笑ましかった。

やがて夕食を終えると順々に風呂に入った。まだ駅周辺も拓《ひら》けておらず、どこの家も内風呂があるようだった。

夫婦の夜は早く、風呂から上がるとすぐ寝るようだった。

客間には二組の布団が敷かれ、正樹も風呂上がりの果林と一緒に横になった。

「こっちへ来て」

囁くと、果林も彼の布団に入ってきた。夫婦の寝室は、茶の間や台所のさらに向こうだし、すぐ寝るだろうし歳からいって耳も良いわけではないだろうから、少々の喘ぎ声は聞かれないだろう。

「良いご夫婦で良かったわ」

「うん、安心して預けられるよ。たまには顔を見せに来るから辛抱して」

「ええ、大丈夫」

果林が答え、正樹は横になったまま寝巻を脱ぎ去った。

彼女も帯も解いてシュルッと抜き取り、前を開いて可愛い乳房を露わにさせた。

正樹は乳首に吸い付き、舌で転がした。

「あ……」

果林も、気遣って控えめに声を洩らした。

彼は左右の乳首を順々に含んで舐め回し、腋の下にも顔を埋めて和毛に鼻を擦りつけたが、残念ながら湯上がりの香りしか感じられなかった。

だから肌を舐め降り、足指を嗅ぐのは省いて、そのまま股間に顔を埋め込んでいった。

柔らかな若草には熱気が籠《こ》もり、湯上がりの匂いに混じり、ほんのりと果林本来の体臭が感じられた。舌を這わせると清らかな蜜が溢れ、淡い酸味とともにヌラヌラと割れ目内部に満ちていった。

「アア……」

クリトリスを舐めると果林が声を洩らし、ビクリと肌を震わせた。

「上から跨いで……」

正樹が言って仰向けになると、果林もはだけた寝巻を開いたまま身を起こし、彼の顔に跨がってくれた。

しゃがみ込むと割れ目が彼の鼻と口にピッタリと密着し、彼は舌を挿し入れて蠢かせた。仰向けだと割れ目に自分の唾液が溜まらず、純粋に愛液の溢れてくる様子が舌に伝わってきた。

「ね、オシッコして……」

正樹は真下から言った。匂いがないのだから、せめてそれを飲みたかった。

「大丈夫かしら。お布団を濡らさないように」

果林も言って息を詰め、徐々に尿意を高めはじめてくれ、正樹も執拗に柔肉を舐め回して吸い付いたのだった。

2

「あう……、出ちゃうわ、いいのね……」

果林が呻いて言い、割れ目内部の柔肉が盛り上がって味わいと温もりが変化した。

返事の代わりに吸い付くと、すぐにも温かな流れがチョロチョロと漏れてきた。

仰向けなので噎せないよう注意しながら喉に流し込むと、味も匂いも淡くて心地よかった。

果林も、彼が口から溢れさせないよう懸命に少量ずつ放尿してくれていた。

一瞬勢いが増したが、すぐにも流れが治まり、正樹は何とか一滴もこぼさず飲み干すことが出来たのだった。

余りの雫をすすり、残り香を味わいながら舌を挿し入れて掻き回すと、

「アア……」

果林が喘ぎ、淡い酸味のヌメリが残尿を洗い流すように大量に溢れてきた。

舐めて綺麗にすると、さらに彼は尻の真下に潜り込んだが、そこも匂いがなく物足りないので、少し舐めて舌を挿し入れ、ヌルッとした粘膜を味わっただけで、再びクリトリスに戻った。

「も、もう……」

果林がか細く声を洩らし、そろそろと股間を引き離して移動した。

そして彼の股間に屈み込み、屹立したペニスをしゃぶり、スッポリと喉の奥まで呑み込んでいった。

熱い息を股間に籠もらせ、幹を丸く締め付けて強く吸い付き、口の中ではクチュクチュと舌をからみつけて、肉棒を生温かな唾液にまみれさせてくれた。

「ああ……、気持ちいい……」

正樹は快感に喘ぎ、美少女の口の中でヒクヒクと幹を震わせた。

やがて充分に高まると、彼は果林の手を握って引っ張った。彼女もすぐにチュパッと口を引き離し、身を起こして前進してきた。

唾液にまみれたペニスに跨がり、先端を膣口にあてがうと、息を詰めてゆっくり腰を沈み込ませていった。

たちまちペニスはヌルヌルッと滑らかな肉襞の摩擦を受けながら根元まで納まり、彼女もぺたりと座り込んで股間を密着させた。

「アアッ……！」

顔を仰け反らせて喘ぎ、彼女は味わうようにキュッキュッときつく肉棒を締め付けてきた。正樹も温もりと感触を味わい、ヒクヒクと幹を震わせながら両手を伸ばして抱き寄せた。

果林も身を重ね、弾力ある乳房を彼の胸に密着させてきた。

正樹は両手を回し、両膝を立てて尻の感触も味わいながら美少女の温もりと重みを受け止めた。

「唾出して」

言うと、果林も愛らしい唇をすぼめ、有り余っている生唾をトロトロと彼の口に吐き出してくれた。生温かな小泡が多く、薄甘い粘液を舌に受けて味わい、彼はうっとりと飲み込んで喉を潤した。

果林も出なくなるまで注ぎ、そのまま上から唇を重ねてきた。

柔らかな唇を味わい、正樹は舌をからめて甘酸っぱい吐息に酔いしれた。

そして徐々に股間を突き上げはじめると、

「ンンッ……」

果林が熱く呻き、合わせて腰を遣いながらチュッと強く彼の舌に吸い付いてきた。

これで正樹ともしばらく会えないから、彼女もとことん快感を貪ろうとしているようだった。

正樹はリズミカルな肉襞の摩擦に高まりながら、果林の口に鼻を擦りつけて果実臭の息を嗅いだ。すると彼女も舌を這わせ、彼の鼻の穴から頬、鼻筋から瞼まで清らかな唾液でヌルヌルにまみれさせてくれた。

「噛んで……」

言うと彼女も、痕《あと》にならない程度にそっと彼の頬や唇に歯を立ててくれた。

正樹は、美少女の甘美な歯の刺激に高まり、唾液と吐息の匂いで絶頂に達してしまった。

「い、いく……」

突き上がる大きな快感に口走るなり、ありったけの熱いザーメンをドクンドクンと勢いよく柔肉の奥にほとばしらせた。

「あぁッ……、気持ちいい……！」

噴出を受け止めた果林もオルガスムスに達して喘ぎ、キュッキュッと膣内を収縮させながら狂おしく身悶えた。

愛液も大洪水になって互いの股間を生温かくビショビショにさせ、正樹は快感を嚙み締めながら心置きなく最後の一滴まで出し尽くしていった。

すっかり満足して突き上げを弱めていくと、

「アア……」

果林も声を洩らし、徐々に肌の強ばりを解いてグッタリと力を抜いてもたれかかった。正樹は美少女の重みを受け止め、まだ収縮する膣内でヒクヒクと幹を過敏に跳ね上げた。

そして熱く甘酸っぱい息を胸いっぱいに嗅ぎながら、うっとりと快感の余韻に浸り込んだのだった。

重なったまま荒い呼吸を繰り返していた果林は、そろそろと股間を引き離してチリ紙で割れ目を拭き、ペニスも拭ってから寝巻を直した。

「トイレ、いや、ご不浄だいじょうぶ？」

「ええ、おやすみなさい」

言うと果林は答え、自分の布団に戻って横になった。

正樹も寝巻を整えて布団を掛け、暗い客間で目を閉じた。

（これから、どうなるのかな……）

思ったが、このまま恐らく運命のままに、果林の子が大原家を継いで自分に繋がってゆくのだろう。

月が出ているのか、障子越しに外の薄明るさが部屋に差し込んでいた。波の音は聞こえず、車も通らないから実に静かだった。たまに江ノ電の音が聞こえてくるが、この頃は終電も早いだろう。

やがて果林が軽やかな寝息を立てて眠ると、正樹も目を閉じて眠りに就いた。

3

「では、どうかよろしくお願いします」

翌朝、食事を終えた正樹は身支度を調え、徳治郎と澄江に言った。

果林も、もうすっかりこの家の娘になったかのように、可憐な笑みを浮かべて夫婦とともに正樹を見送った。

「気をつけてね」

「ああ、果林も身体を大切に。またすぐ顔を見せに来るからね。では」

正樹は言い、夫婦に頭を下げて家を出た。

そして、少し海を眺めてから江ノ電の由比ヶ浜駅に行くと、彼はいきなり声をかけられた。

「まあ、正樹さん、こちらに来ていたの？」

振り向くと、何と若妻の高松千恵子ではないか。どうやら実母に会いに、また鎌倉に来ていたようだった。

「千恵子さんこそ、どうして由比ヶ浜に？」

正樹は訊いた。千恵子の実家は二階堂と聞いていたのだ。

「ええ、そこの海浜ホテルに泊まっているの。家の方は、いま何かと親戚が大勢来ているので、私だけ急用でこっちに」

散歩の帰りだったらしい千恵子が言い、ホテルへ案内するように歩き出した。

由比ヶ浜にあったといわれる鎌倉海浜ホテルは、かつては絵葉書になるほど有名だったらしいが、戦後間もなく焼けてしまったので正樹は知らない。

行ってみると、松林の中に、瀟洒《しょうしゃ》な洋風の建物があった。なるほど、ハイカラで良い佇《たたず》まいである。

千恵子はここらでも顔らしく、堂々とホテルに入って行くと従業員が一礼をし、正樹も難なく二階の部屋まで入ることが出来た。

ベッドがあり、バストイレもあり、窓からは海原が広がっていた。

部屋に入ると、千恵子は急激に淫気を催したらしく、頬を上気させ、ネットリとした表情となった。正樹も、すぐ近くに自分の子を宿した果林がいるというのに、股間を熱くさせてしまった。

「お乳が張っているの。吸って下さる？」

千恵子が言い、ドレスを脱ぎはじめた。

「さあ、あなたもお脱ぎになって。ここへは誰も来ませんから」

言われて、正樹も帯を解いて手早く脱いでしまった。

彼が先にベッドに仰向けになると、間もなく一糸まとわぬ姿になった千恵子も上ってきた。

「ここへ座って下さい」

正樹が自分の下腹を指して言うと、千恵子も好奇心を持って、遠慮なく跨がってきた。淡泊な夫と違い、彼の言う通りにすれば、何か気持ち良い体験が待っていると思っているのだろう。

下腹に座り込むと、すでに濡れはじめた割れ目が彼の肌に密着してきた。

「脚を伸ばして、足裏を僕の顔に」

「大丈夫かしら、重いでしょう……」

さらに言うと、千恵子もとまどいながらも、彼が立てた両膝に寄りかかり、恐る恐る両脚を伸ばしてきた。

「ああ……、ドキドキするわ……」

足裏を正樹の顔に乗せながら、千恵子が息を弾ませて言った。

彼も美しい若妻の全体重を受け止めながら、足裏の感触に陶然となった。舌を這わせ、指の股に鼻を押し付けて嗅ぐと、今日もそこは汗と脂に生ぬるく湿り、蒸れた匂いが濃く沁み付いて鼻腔を刺激してきた。

嗅ぐたびに急角度に勃起したペニスがヒクヒク上下し、千恵子の腰をノックした。

両足とも嗅いでから爪先にしゃぶり付き、順々に全ての指の股に舌を潜り込ませて味わった。

「アア……、くすぐったくて、いい気持ち……」

千恵子がうっとりと喘いで言い、彼の下腹に座りながらクネクネと悶えた。

次第に濡れてくる割れ目が心地よく擦られ、やがて正樹も両足とも味と匂いを貪り尽くしてしまった。

「じゃ、前へ来て下さいね」

口を離して言い、手を握って引っ張ると、千恵子も正樹の顔の左右に足を置いて前進してきた。しゃがみ込むと、肌の温もりが感じられ、顔の左右で白い内腿がムッチリと張り詰めた。

割れ目も鼻先に迫り、はみ出した陰唇が僅かに開き、膣口から滲む白っぽい粘液と光沢を放って突き立つクリトリスが覗いた。

正樹は腰を引き寄せ、黒々と艶のある茂みに鼻を擦りつけて嗅ぐと、汗とオシッコの匂いが生ぬるく鼻腔を満たしてきた。

正樹は悩ましい匂いを嗅いでうっとりと酔いしれながら、真下から舌を挿し入れていった。淡い酸味のヌメリを掻き回し、息づく膣口の襞からクリトリスまで舐め上げていくと、

「ああッ……、いい気持ち……」

千恵子が喘ぎ、白い下腹をヒクヒク波打たせながら、懸命に両足を踏ん張った。

正樹は滴る愛液をすすり、執拗にクリトリスを舐めてから、豊満な尻の真下に潜り

込んでいった。

顔中に双丘を受けながら、ピンクの蕾《つぼみ》に鼻を埋め込んで嗅いだ。

生々しく秘めやかな匂いが鼻腔を満たし、その刺激が胸に広がってペニスに妖しく伝わっていった。

正樹は若妻の恥ずかしい匂いを胸いっぱいに嗅いでから舌を這わせて襞を濡らし、ヌルッと潜り込ませて粘膜を味わった。

「あう……、ダメ……」

千恵子が呻き、キュッと肛門で舌先を締め付けてきた。

彼は舌を蠢かせ、再び割れ目に戻って大洪水のヌメリを味わい、クリトリスに吸い付いていった。

「アア……、いきそうだわ。入れて……」

「じゃ、舐めて濡らして下さいね」

言うと、絶頂を迫らせた千恵子が彼の顔から股間を引き離し、そのまま移動していった。大股開きになった真ん中に腹這い、熱い息を股間に籠もらせながら、まずは陰嚢を舐め、やがてすぐにペニスの裏側を舐め上げてきた。

先端まで来ると、尿道口から滲む粘液を厭《いと》わずに舐め回し、スッポリと根元まで呑み込んでいった。

「ああ……、気持ちいい……」

正樹は快感に喘ぎ、生温かく濡れた美女の口腔に深々と含まれてヒクヒクと幹を震わせた。

「ンン……」

千恵子も熱く鼻を鳴らしながら懸命に吸い付き、熱い鼻息で恥毛をそよがせた。口の中ではクチュクチュと滑らかに舌がからみつき、たちまち彼自身は生温かな唾液にどっぷりとまみれた。

ズンズンと小刻みに股間を突き上げると、千恵子も合わせて顔を上下させ、濡れた口でスポスポと強烈な摩擦を繰り返してくれた。

やがて充分に高まると、彼は暴発してしまう前に千恵子の手を引いた。

彼女も心得てスポンと口を離し、顔を上げて引っ張られるまま前進してきた。

唾液に濡れたペニスに跨がると、千恵子は先端に割れ目を押し当て、位置を定めてゆっくり腰を沈み込ませていった。

張りつめた亀頭が潜り込むと、あとは滑らかにヌルヌルッと根元まで吸い込まれて互いの股間が密着した。

「アアッ……、いいわ……」

千恵子が顔を仰け反らせて喘ぎ、ぺたりと座り込んで体重を預けた。

すぐ果てそうなのでまだ動かず、正樹は両手を伸ばして彼女を抱き寄せていった。

何しろ、まだまだ味わいたいものが残っているのである。

千恵子が覆いかぶさると、彼はすでに母乳の滲んでいる乳首にチュッと吸い付いていった。

「ああ……、いっぱい飲んで……」

千恵子も喘ぎ、彼の顔中に柔らかな膨らみを押し付けてきた。

正樹は甘ったるい匂いに包まれながら、顔中で巨乳の感触を味わい、乳首を強く吸って生ぬるい母乳を吸い出した。

薄甘い母乳が分泌されて心地よく舌を濡らし、彼はうっとりと味わいながら喉を潤した。

千恵子も自ら膨らみを揉みしだき、あらかた出尽くすと、彼ももう片方の乳首を含んで吸い付いていった。

「アア……、美味しい……？」

千恵子は朦朧となりながら言い、待ちきれないように密着した股間を擦りつけはじめた。シャリシャリと恥毛が擦れ合い、コリコリする恥骨の膨らみも彼の下腹部に伝わってきた。

やがて左右の乳首から出る母乳を充分に味わって口を離すと、さらに千恵子が前にもしたように自ら乳首をつまみ、ポタポタ滴る雫と、霧状になった母乳を彼の顔中に注いでくれた。

正樹は匂いに酔いしれながら、さらに彼女の腋の下にも鼻を埋め、甘ったるい汗の匂いを嗅いでから湿った腋を舐め回した。

その間も千恵子の腰の動きが続き、大量の愛液にまみれたペニスは心地よい肉襞に摩擦されて高まっていった。

正樹が首筋を舐め上げて唇を求めると、千恵子も上からピッタリと重ね合わせ、自分からヌルリと舌を挿し入れてきた。

彼は滑らかに蠢く舌を舐め回し、生温かな唾液をすすった。

そして下から両手でしがみつきながら両膝を立て、股間の突き上げを激しくさせていくと、

「あぁッ……、い、いきそうよ……！」

千恵子が口を離して喘ぎ、甘い花粉臭の息を弾ませた。

正樹も彼女の唇の間に鼻を押し込み、熱く湿り気ある口の匂いを胸いっぱいに嗅ぎながら高まっていった。

溢れる愛液で動きが滑らかになり、ピチャクチャと淫らな摩擦音が響いて、彼の股間まで生温かくビショビショに濡れた。

「い、いっちゃう……、アアーッ……！」

たちまち千恵子が声を上ずらせて口走り、ガクガクと狂おしいオルガスムスの痙攣を開始した。

続いて正樹も、彼女の絶頂の渦に巻き込まれるように昇り詰め、大きな快感に全身を貫かれてしまった。

「く……！」

呻きながら、ありったけの熱いザーメンをドクンドクンと中にほとばしらせると、

「あ、熱いわ、もっと出して……！」

噴出を感じた千恵子が、駄目押しの快感を得て口走った。

正樹は心ゆくまで快感を嚙み締め、最後の一滴まで出し尽くして徐々に突き上げを弱めていった。

「アア……、何ていい気持ち……」

千恵子も満足げに声を洩らし、肌の強ばりを解きながら力を抜き、グッタリともたれかかってきた。

正樹は息づく膣口の中で、ヒクヒクと過敏に幹を跳ね上げた。

そして彼女の吐き出す甘い花粉臭の息を間近に嗅ぎながら、うっとりと快感の余韻を味わったのだった。

4

「ね、オシッコ出して……」

バスルームで、互いの身体を洗い流すと、また正樹は淫気を回復させながら千恵子に求めてしまった。

明るいモダンなバスタブにはすでに湯が張られており、シャワーはないが、灯りの装飾や蛇口、タイルの模様などに大正ロマンが感じられた。

彼が床に座ると、千恵子も正面に立って股間を突き出してくれた。

「自分で開いて、出るところを見せて」

「アア……、恥ずかしいわ……」

千恵子が言われるまま、自ら指で陰唇をグイッと広げ、ピンクの柔肉を覗かせながら喘いだ。

身体を洗ってしまったため、茂みに籠もっていた匂いが消えてしまったが、割れ目に舌を挿し入れると、すぐにも新たな愛液が溢れてきた。

「ああ……、いいのね、出るわ……」

千恵子も彼の頭に両手を乗せ、ガクガクと膝を震わせながら喘いだ。同時に柔肉が蠢くなり、チョロチョロと温かな流れがほとばしってきた。

それを口に受けて味わい、正樹は喉に流し込んでいった。

しかし、あまり溜まっていなかったのか、一瞬勢いは増したものの、すぐに流れは治まってしまった。

だから彼も口から溢れさせることなく飲み干してしまい、ほのかな残り香の中で余りの雫をすすり、舌を挿し入れて柔肉を掻き回した。

「アア……、もうダメ……」

千恵子が言って股間を引き離し、ぺたりと座り込んでしまった。

正樹はもう一度互いの全身を洗い流し、ピンピンに回復しながら身体を拭いて、全裸のまま一緒に部屋へ戻っていった。

「すごいわ、続けて出来るのね……」

千恵子は、勃起したペニスを見て言い、彼をソファに座らせた。そして自分はその正面に座り、正樹の股間に顔を寄せてきたのだ。

やはり挿入はさっきの一回で充分すぎるようで、二度目は身体に負担をかけないよう口でしてくれるようだった。

「ここ舐めて……」

正樹が両脚を浮かせて言い、自ら尻の谷間を広げると、千恵子もためらいなく舌を伸ばし、彼の肛門をチロチロと舐め回してくれた。

「ああ……」

彼も快感に喘ぎ、さらに千恵子の舌先がヌルッと潜り込むと、モグモグと肛門を締め付けて味わった。

やがて脚を下ろすと、千恵子も舌を引き抜いて陰嚢の縫い目をたどり、肉棒の裏側を舐め上げてきた。そして自ら巨乳の谷間にペニスを挟みつけ、両側から締め付けて愛撫してくれた。

屈み込んで先端に舌を這わせ、やがて巨乳を離してスッポリと根元まで呑み込んでいった。正樹も浅く腰掛けて開いた脚を伸ばし、美女の口の中で幹を震わせながら快感を味わった。

「ンン……」

千恵子は熱く鼻を鳴らし、息を股間に籠もらせながら顔を前後させ、スポスポと摩擦しはじめてくれた。

彼も合わせてリズミカルに股間を突き上げ、唾液にまみれたペニスを震わせ、摩擦快感にジワジワと絶頂を迫らせていった。

彼女も、このまま口に受け止めるつもりらしく、動きを早め、吸引と舌の蠢きを強めてきた。

ソファにかけているので、懸命におしゃぶりする千恵子の表情もよく観察できた。すぐ近所にいる果林も、まさか正樹がここで二度目の絶頂を迎えようとしているなど夢にも思っていないだろう。

時に千恵子は吸い付きながらチュパッと口を離し、悪戯《いたずら》っぽく目を上げて彼を見つめながら舌を伸ばし、ヌラヌラと先端を舐め回しては、また再び深々と呑み込んで摩擦してくれた。

「い、いく……」

たちまち正樹はオルガスムスに達し、快感に口走りながら、熱いザーメンを勢いよくほとばしらせてしまった。

「ンン……」

噴出を受け止めて小さく呻き、千恵子は上気した頬をすぼめてチューッと吸い出してくれた。正樹も、魂まで吸い取られる思いで快感を噛み締め、遠慮なく最後の一滴まで出し尽くしていった。

グッタリと力を抜くと、千恵子も吸引と舌の蠢きを止め、亀頭を含んだまま口に溜まったザーメンをゴクリと一息に飲み干してくれた。

「ああ……、気持ちいい……」

彼はキュッと締まる口腔で駄目押しの快感に喘ぎ、ヒクヒクと幹を上下させた。

ようやく千恵子が口を引き離し、なおも両手で拝むように幹を支えて余りをしごくように動かし、尿道口に脹らんだ白濁の雫まで丁寧に舐め取ってくれた。

「あう……、も、もういいです、有難う……」

正樹は呻き、過敏にヒクヒクと幹を上下させながら言った。

千恵子もヌラリと舌なめずりして顔を上げ、そのまま身繕いをはじめた。これから家に戻り、親族で昼食を囲むらしい。

正樹も呼吸を整えると、下帯と着物を着けた。だいぶ帯の締め方にも慣れてきたものだ。

「え？　果林ちゃんが由比ヶ浜に？」

仕度をしながら話すと、千恵子は驚いていた。

「ええ、僕の家に預かってもらいました」

「そう、妊娠して淫奇館を辞めたのね……。それは知らなかったわ。でも、私も何度も東京と鎌倉を行き来するから、何かと立ち寄って様子を知らせてあげましょう」

千恵子は、そう言ってくれた。何しろ果林は千恵子にとって恩師の娘だから、気にかけてくれるようだ。

やがて二人でホテルを出ると、江ノ電に乗って鎌倉に出た。

そこで千恵子と別れ、正樹は一人で横須賀線で大船へ行き、東海道線で東京に向かったのだった。

(静香さんが来られるとは限らないし、もしこのままずっと大正時代で暮らすなら、覚悟を決めないと……)

正樹は、車窓の眺めに目を向けながら思った。

仕事は何とかなるだろう。この大正時代には無い斬新なイラストは描けるし、この先ヒットする歌の歌詞や小説を先に書くことも出来る。

無三は顔が広いから、多くの知り合いの作家から編集者を紹介してもらうことも可能だろう。

平成にいる両親に会えないのは辛いが、それも運命なら仕方がないし、正樹の父親も彼の子孫なのである。それ以上に、未来の知識のある自分は、この時代できっと充実した人生を送れるに違いない。

しかし、今は平和な時代といっても、六年後には大震災があるし、陸海軍があって今後戦争へと向かっていく運命も待っているのだから、そうそう気楽にしているわけにもいかないのだが、彼は夢の中にいるように、どこか現実感のない飄《ひょう》々《ひょう》とした気分になってしまうのだった。

やがて正樹は東京に着くと浅草に戻り、店でやや遅めの昼食として牛丼を食べてから、淫奇館に帰ったのだった。

5

「ええっ、果林ちゃんが妊娠して辞めちゃったって……？」

正樹が楽屋に入ると、無三が真砂子から話を聞いて嘆いていた。

「うーん、君が全ての原因であったか……」

無三は、入って来た正樹を見て詰《なじ》るように言った。

「そうか、妊娠していたってことは、わしが飲んでいたのは処女のミルクコーヒーではなかったのか……」

「済みません……」

「いいさ、果林ちゃんが選んだ幸せの道なら嘆くまい。真砂子さん、この金魚もらっていくよ。何度も果林ちゃんに飲み込まれたんだから、あとはわしが引き取って面倒をみることにしよう」

無三が、金魚鉢で泳ぐ色とりどりの金魚を指して言った。

昨日は休みだったが、新たな芸人も決まり、淫奇館は今日の午後三時から開館するらしい。

「正樹さん、お疲れ様。果林は大丈夫そうかい？」

「ええ、鎌倉の家でも喜んで預かってくれましたので」

「そう、それなら良かった。で、これからご苦労だけれど、千石さんの道場へ行ってくれないかい？　手伝って欲しいことがあるというので」

「分かりました」

帰ってきてすぐだが、正樹は茶を一杯飲んで腰を上げた。どうやら約束していた清光と会うという話は夜になるようだ。

正樹は気がかりを残したまま、淫奇館を出て人力車を拾い、根津にある菜穂の家へと行った。

今日も道場から、ドスンバタンと柔道の稽古の音が聞こえていた。

玄関で呼んでも聞こえないだろうから、道場の方へ回って格子から覗くと、すぐに稽古着姿の菜穂が気づいて勝手口から出てきてくれた。

「わざわざ有難う。実はお願いがあって」

菜穂が息を弾ませ、甘ったるい汗の匂いを漂わせながら囁くように言った。

「ええ、何でしょう」

「あの子たちみんな、明日香みたいに体験したいようなのよ」

「え……？」

言われて、正樹は驚きと淫気に包まれた。こんなことなら千恵子との二回目は控えれば良かったと思ったが、道中のうちに回復しているし、それに相手さえ変われば何度でも出来るだろう。

「間もなく稽古も終わるから、お部屋で待っていて」

菜穂が言うので一緒に勝手口から上がり、彼女は道場に戻って、正樹は座敷で待つことにした。

すでに布団が敷かれ、彼は期待と興奮にムクムクと勃起しはじめた。

菜穂と明日香の他に、生娘が四人いるのだ。みな可憐な二十歳前後のお嬢様たちである。

あるいは親の勧める結婚が近く、その前に好奇心を向ける相手を欲し、男女のことを知っておきたいのかも知れない。

やがて道場からの物音が静かになり、稽古が終わったようだ。

そして期待を込めて全員がこちらへやって来た。

「では、四人でお願いしなさい。私と明日香はこっちの部屋で休憩しているので」

菜穂が言い、明日香を連れて別の部屋へ入ってしまった。

残るは二十歳前後の生娘が四人。

「ではお願いします。まずはお脱ぎ下さいませ」

一人が正樹に言った。四人とも髪を束ね、整った顔立ちをした面々だが、ぽっちゃりもいるし痩せた長身もいて、どれも魅力的であった。

正樹も興奮に突き動かされて帯を解き、手早く着物と下帯を脱ぎ去り、全裸で仰向けになっていった。

「まあ、こんなふうになっているの……？」

勃起した肉棒に目を遣り、一人が言うと全員が熱い視線を向けてきた。

しかし迫る前に、四人も帯を解いて稽古着とズボンを脱ぎ去り、たちまち一糸まとわぬ姿になった。

甘ったるい汗の匂いが四人分、濃厚に室内に立ち籠めた。

あらためて四人は、彼の股間に左右から二人ずつ顔を寄せて観察をはじめた。

「こんなに勃《た》って、邪魔じゃないのかしら」

「興奮していないときは、小さいと聞いていたわ」

「でもおかしな形」

「少し気味が悪いわね……」

四人が、ヒソヒソと話し合った。物怖じする様子はなく、それなりに知識もあるようだ。正樹は、四人の無垢な熱い視線と息をペニスに感じ、それだけで興奮が高まってヒクヒクと幹が震えた。

やがて一人がそろそろと指を這わせてくると、残る子たちも順々に触れてきた。

「ああ……」

「気持ちいいの？」

いったん触れると度胸がつき、彼女たちは言いながらいじり回した。

「どうか、そっとしてください……」

「そうね、四人が乱暴に触ったらいけないわ」

リーダー格の子が言い、皆はソフトタッチで触れはじめてくれた。張りつめた亀頭から幹、陰嚢にも触れ、袋をつまみ上げて肛門の方まで覗き込んだ。

「私は接吻をしてみたいわ」

一人が言って股間から離れ、近々と正樹の顔を見下ろして頬を撫で、上からピッタリと唇を重ね合わせてきた。

「ンン……」

可憐な顔立ちをした彼女は、初キスにうっとりと鼻を鳴らし、大胆に自分から舌を挿し入れてきた。彼も歯を開いて舌を触れ合わせると、それはチロチロと滑らかに蠢き、生温かな唾液のヌメリが心地よく伝わった。

熱く湿り気ある息は甘酸っぱい匂いで、悩ましく鼻腔を刺激してきた。

「私も」

すると別の娘が言って割り込み、彼女も交代した。

やはりペニスを舐めるのはためらいがあるだろうが、唇なら積極的に触れられるようだった。

ぽっちゃり型の彼女も、すぐに生温かな唾液に濡れた舌を挿し入れてクチュクチュとからみつけ、同じように甘酸っぱい果実臭の息を弾ませた。

「すごい、ピクピクしているわ。嬉しいのね」

股間を覗いていた二人が囁き、とうとう一人目が勇気を出して幹に舌を這わせてきた。裏側を先端まで舐め上げ、粘液の滲む尿道口を探り、スッポリと喉の奥まで呑み込んだのだ。

「ク……」

正樹が快感に喘ぐと、キスしていた二人も股間を見て、仲間たちの行為に興奮を高めたようだ。それを察し、彼は言った。

「ね、顔を跨いで。舐めたい」

「まあ……、そんなことしていいのかしら……」

唇を重ねた二人が、顔を見合わせて言ったが、やがて一人が身を起こして彼の顔に跨がってきた。しゃがみ込むと、M字になった脚がムッチリと張り詰め、丸みのある処女の割れ目が正樹の鼻先に迫った。

「すごい……」

見ていた子が言い、正樹も腰を抱えて引き寄せ、股間に鼻と口を埋め込んだ。

柔らかな恥毛には、濃厚に甘ったるい汗の匂いが沁み付き、それにほのかな残尿臭にチーズ臭も混じって鼻腔を刺激してきた。

舌を這わせると、割れ目は汗の味がしたが、中に挿し入れると淡い酸味のヌメリも感じられ、彼は無垢な膣口をクチュクチュ探り、小粒のクリトリスまで舐め上げていった。

「アアッ……、いい気持ち……」

彼女が熱く喘ぎ、キュッと股間を押し付けてきた。

その間も、別の二人が代わる代わるペニスをしゃぶり、混じり合った唾液にまみれた幹がヒクヒクと反応していた。

「わ、私も舐めて……」

見ていた子が身を乗り出したが、その前に正樹は彼女の尻の真下に潜り込み、顔中に汗ばんだ双丘を受け止めながら谷間の蕾に鼻を埋めて嗅いだ。

秘めやかな微香を嗅いでから舌を這わせ、ヌルッと潜り込ませて粘膜を探ると、

「あう、変な感じ……」

彼女が呻き、キュッと肛門で舌先を締め付けてきた。

やがて、見ていた子が待てないとばかりに彼女を押しやり、ためらいなく跨がった。

しゃがみ込み、自分から彼の顔に割れ目を押し付けてきたので、正樹も微妙に異なる匂いを貪り、同じように割れ目内部をクチュクチュ掻き回し、クリトリスまで舐め上げてやった。

「ああん……、いいわ……」

生まれて初めて舐められた彼女も快感に喘ぎ、トロトロと生温かな蜜を漏らしてきた。正樹も味と匂いを貪り、同じように尻の谷間にも鼻を埋めて嗅ぎ、舌を這わせて肛門にも潜り込ませてやった。

しかしペニスへの刺激に、次第に彼も我慢できなくなってきた。

彼女たちも大胆になっていき、根元まで呑み込んでは舌をからめ、スポンと引き抜いて交代してくるのである。

「い、いきそう……」

「いいわ、出るところ見たいから」

正樹が警告を発したが、股間の二人が答え、さらに陰嚢を舐め回したり、亀頭に吸い付いたり、熱い息を混じらせて二人がかりで愛撫してきたのだ。

正樹も我慢せず、割れ目と肛門を舐め回して匂いの渦に包まれながら、とうとう昇り詰めてしまった。

「く……！」

突き上がる大きな絶頂の快感に呻くなり、熱い大量のザーメンがドクンドクンと勢いよくほとばしった。

「ンン……」

ちょうど含んでいた子が噴出を喉に受けて呻き、口を離した。

「飲んでも平気って明日香が言っていたわね」

一人が言い、射精を続けている亀頭にしゃぶり付いて残りを吸い出してくれた。

「アア……、いく……！」

クリトリスを舐められていた子も、粗相したように大量の愛液を漏らして喘ぎ、ガクガクと狂おしい痙攣を開始してオルガスムスに達したようだ。

正樹は快感に腰をよじり、最後の一滴まで吸い出されてしまった。

「ああ……、も、もういいわ、感じすぎる……」

股間を押し付けていた子も過敏に身を震わせて言い、彼の顔から離れた。

「顔中ヌルヌルよ」

もう一人が顔を寄せて囁き、彼の鼻と口を舐め回してくれた。どうやら女同士の体液も嫌ではないらしく、菜穂と明日香のようなレズ体験があるのかも知れない。

「生臭いわ。でも嫌じゃないわね」

飲み干した二人が言い、なおも幹をしごいて尿道口に脹らむ余りの雫まで、二人がかりでチロチロ舐めてくれた。

「あうう……！」

正樹は、顔を舐めている子の甘酸っぱい息を嗅いで余韻に浸っていたが、ペニスへの刺激で過敏に反応し、呻きながらクネクネと悶えた。

「どうか、もう……」

「済んだあとは感じすぎるのね。じゃ休憩してね」

言うと理解してくれたようで、ようやく二人はペニスから離れてくれた。

「舐めてもらったの？　すごいわ」

「それでいっちゃったのね。気持ち良かったでしょうね」

四人は先ほどまでの行為を口々に言い合い、やがて仰向けの正樹の顔の左右から彼女たちが見下ろしてきた。

彼は四人分の甘ったるい体臭に包まれ、それぞれ息づく処女の乳房を見上げた。

「どうすればまた勃つかしら。何でもして上げるから言って下さい」

リーダー格の子が言い、正樹もすでに回復しかけながら答えた。

「みんなの足の裏を、僕の顔に……」

「まあ……、そんなことしてほしいの……？」

四人は驚きながらも、腰を下ろして後ろに手を突き、両脚を浮かせていっぺんに彼の顔に足裏を押し付けてくれた。

そしてそんな様子を、襖《ふすま》の隙間から菜穂と明日香が覗き込み、女同士で戯《たわむ》れていたのだった。

第六章　処女たちの好奇の生贄《いけにえ》

1

「ああ……、くすぐったくていい気持ち……」

「でも、足の匂いが気になるわ……」

四人の生娘たちが口々に言い、正樹の顔中に足裏を擦りつけた。

どの足裏も柔らかくて心地よく、指の股はムレムレの匂いが濃厚に沁み付いて、四人分が混じり合って鼻腔を刺激してきた。

その感触と匂いで、彼自身はすぐにもムクムクと回復し、完全に元の硬さと大きさを取り戻してしまった。

そして正樹は順々に、彼女たちの爪先にしゃぶり付き、指の股を舐め回した。

「あん、いい気持ち……」

「汚いのに、嫌じゃないの……？」

彼女たちもはしゃぐように言って脚をくねらせ、中には自分から彼の口に爪先を押し込んでくる子もいた。

やがて彼が全員の指の股を味わい尽くすと、

「ね、お乳を吸って欲しいのですけれど……」

リーダー格の子が足を離して言い、身を乗り出してきた。

そして覆いかぶさるように、自分から彼の口に乳首を含ませ、膨らみ全体を顔中に押し付けてきたのである。

「むぐ……」

正樹は心地よい窒息感に呻き、柔らかく張りのある膨らみを受け止めながら夢中で乳首に吸い付いた。隙間から呼吸すると、甘ったるい濃厚な汗の匂いが鼻腔を満たし、彼は懸命に舌を動かした。

「ああ……、感じるわ。とってもいい気持ち……」

彼女が喘ぎ、クネクネと身悶えてはさらに濃い匂いを揺らめかせた。

もう片方の乳首も含んで舐め回し、腋の下にも鼻を埋めて湿った和毛を嗅いだ。

すると、他の子たちも順番を待つように、胸を突き出してきたのである。

正樹は左右の乳首を舐め、腋の匂いで胸を満たしてから顔を離すと、すぐに二番手の子が乳房を押し付けてきた。

彼は順々に乳首を吸って舌で転がし、腋も嗅いで生ぬるい濃厚な匂いの渦に包まれた。

どの子も柔らかく、処女特有の張りを持った膨らみをしていた。腋の匂いも、ミルク系やレモン系など様々で、それらが混じり合って鼻腔を刺激していた。

「ああ、もう我慢できないわ。さっきあなたたち、彼の顔に座っていたわね。私も舐めてもらいたいわ……」

リーダー格の美女が言うなり、身を起こして正樹の顔に跨がり、しゃがみ込んできた。濡れはじめている割れ目が鼻先に迫り、観察する余裕もないままギュッと座り込まれた。

汗に湿った恥毛の隅々には、やはり濃厚な汗とオシッコの匂いが籠もり、舌を這わせると淡い酸味のヌメリが大量に溢れていた。

正樹は鼻腔を刺激されながら舌を蠢かせ、処女の膣口からクリトリスまでを舐め上げていった。

「アアッ……、そこ、もっと……！」

彼女がビクッと反応して喘ぎ、グイグイと彼の口にクリトリスを擦りつけてきた。

正樹も夢中で吸い付き、愛液を掬《すく》い取った。そして尻の真下に潜り込み、谷間の蕾に籠もる微香を嗅いでから舌を挿し入れていった。

「あう……、変な気持ち……」

彼女が呻き、モグモグと異物感を確かめるように肛門を収縮させた。

やがて前も後ろも舐め尽くすと、次の子と交代した。

その子も恥毛には濃厚な匂いを沁み付かせ、愛液の量も多かった。正樹は夢中で嗅ぎながら舐め回し、クリトリスを吸い、尻の谷間も嗅いで舌を潜り込ませてやったのだった。

これで四人の処女の隅々を味わったのだ。何という贅沢な体験であろう。

ただし、一人一人と個々に会っていたら、もっと念入りに愛撫したくなるような美女揃いだから、それを短時間で大雑把に味わってしまうのは、実に勿体ない話でもあった。

「入れてみたいわ。もう勃《た》ったようだし」

リーダー格の子が言い、回復しているペニスに跨がってきた。

他の三人も、順番を待って周囲を囲んで見守っている。

先端に割れ目を押し付け、位置を定めると意を決したように息を詰め、彼女はゆっくり腰を沈み込ませてきた。

張りつめた亀頭が、処女膜を丸く押し広げて潜り込むと、あとは重みとヌメリに任せてヌルヌルッと滑らかに受け入れていった。

「アアッ……！」

彼女がビクッと顔を仰け反らせて喘ぎ、完全に根元まで受け入れて座り込んだ。

そして密着した股間をグリグリと擦りつけ、膣内を息づかせて初めての感触を味わっていた。

正樹も肉襞の摩擦と熱い温もり、きつい締め付けを味わった。さっき彼女たちの口に出したばかりなので、少々動かれても暴発する恐れはないし、まだまだ後が控えているのだ。

「痛い？」

「ええ……、でも奥が熱くて、痛いだけじゃないわ……」

周りから訊かれて、彼女は感触を探るように答えた。

そしてそっと腰を上下させてみたが、すぐにヌルッと引き離してしまった。

「いいわ、もう分かったから。あとは結婚してからゆっくりしてみるわ」

彼女が、まだ残る異物感に眉をひそめて言った。要は快感より、挿入の感覚を知りたかっただけなのだろう。

すると次の子が跨がり、同じように座り込んで深々と受け入れていった。

「あう……！」

ヌメリが充分だから一気に嵌まってしまったが、彼女は顔をしかめて呻き、すぐに股間を引き離した。そして残る二人も順々に跨がり、根元まで納めてきたが、体験したらすぐに抜くので出血もしていないようだった。

最後の一人は、さっき舐められて昇り詰めた子だ。

ヌルヌルッと根元まで受け入れて座り込むと、

「アアッ……！」

彼女は熱く喘ぎ、上体を起こしていられないようにすぐ身を重ねてきた。

正樹も抱き留め、感触と温もりを味わうと、彼女は上から唇を重ね、自ら腰を動かしてきたのである。

どうやら、このぽっちゃり型の彼女が最も成熟しているのだろう。

すると他の子も、正樹の唇を求めて周囲に群がってきたのだった。

左右からも美女たちの舌が彼の両耳を舐め、聞こえるのはクチュクチュという舌の蠢きだけになった。

彼女たちの吐き出す甘酸っぱい息の匂いも濃度がそれぞれ違い、それらが混じり合って悩ましく鼻腔を刺激してきた。

上からはぽっちゃりの彼女がのしかかって舌をからめ、左右からも別の子たちがピッタリと柔肌を密着させて彼を挟み付ける。もう逃げ場もなく、まるで太巻きの具にでもされた心地で正樹は高まった。

「唾を飲ませて……」

言うと、後悔するほど多くの唾液が四人によって彼の口に吐き出されてきた。

小泡の多い粘液が四人ぶん生温かく口に溜まり、彼は味わうより溺れそうな気分で懸命に飲み込んだ。

胸に広がる甘美な悦びは、美酒のように彼を酔わせて喉を潤した。

「顔中にも……」

さらに思わず言ってしまうと、彼女たちも遠慮なく唾液を滴らせ、顔中を舐め回しヌルヌルにまみれさせてくれたのだ。

「い、いく……！」

　とうとう正樹は、美女たち四人分の唾液と吐息に包まれ、良く締まる肉襞の摩擦の中で昇り詰めてしまった。大きな快感に貫かれながら、熱い大量のザーメンをドクンドクンと勢いよく柔肉の奥にほとばしらせると、

「あう、熱いわ……」

　噴出を感じた彼女が言い、さらにキュッキュッと締め付けてきた。

　まだ膣感覚のオルガスムスには程遠いかも知れないが、この時代の十八歳は平成より大人びており、何より自分から好奇心を持って願いを叶《かな》えているから、実に反応も良かった。

　彼女も、破瓜の痛みなど麻痺したように、無意識に腰を遣って最後の一滴まで吸い取ってしまったのである。

「ああ……」

　正樹はすっかり満足して声を洩らし、動きを止めると力を抜いてグッタリと身を投げ出していった。

　上に乗っていた彼女も肌の硬直を解き、遠慮なく体重を預けてきた。

　まだ息づく膣内で、刺激された幹がヒクヒクと過敏に跳ね上がった。そして正樹は四人分の甘酸っぱい吐息を嗅ぎながら、うっとりと余韻に浸り込んでいった。

「すごいわ、最後までいかせてしまったのね」

「痛くなかった？」

彼女が股間を引き離すと、三人が彼女を労《いたわ》り割れ目を覗き込んだ。

「少しだけ出血しているけど、もう止まっているわね」

「じゃみんなでお風呂に行きましょう」

三人は言い、彼女を抱き起こし、呼吸を整えている正樹まで引き立たせて五人で風呂場へと移動したのだった。

2

「ね、オシッコしてみて……」

正樹は、身体を洗い流すと、また思わず言ってしまった。四人もいると、あまりに大量だろうが、やはり味も匂いも知りたいのである。

彼女たちも身体を洗ったが、それでも狭い中に四人もいると甘ったるい匂いが籠もり、その刺激にムクムクとペニスが回復してきてしまった。

「かけてほしいの？　いいわ」

四人とも、初体験の興奮が残っており、何でも応じてくれた。

座り込んだ正樹の周囲を囲むように立って股間を突き出し、全員が息を詰めて尿意を高めはじめた。

一人目が漏らしはじめたので顔を向けて舌に受けると、残り三人もほぼ同時にためらいなくチョロチョロと放尿を開始した。

「ああ……、こんなことするなんて……」

「変な感じだわ。こんな経験、一生に一回でしょうね」

彼女たちはゆるゆると放尿しながら息を弾ませて言い、正樹も熱い流れを順々に舌に受けて味わった。

味も微妙にそれぞれ異なるが、何しろ四人分となると悩ましい匂いも充分すぎるほど鼻腔を刺激してきた。

そして全身に浴びながら彼は、完全に元の大きさと硬さを取り戻してしまった。

やがて順々に流れが治まると、彼も割れ目を舐め回して余りの雫をすすったが、誰もが新たな愛液を漏らし、淡い酸味のヌメリで舌の動きを滑らかにさせた。

「アア……、も、もういいわ、充分……」

すっかり快感を堪能した彼女たちが、順々に股間を引き離した。

四人はもう一度全身を洗い流し、身体を拭いて風呂場を出た。もう挿入体験をしたので気が済んだようで、四人は身繕いをして帰っていった。

正樹は一人残り、身体を拭いて菜穂の部屋に入った。

すると、布団の上で全裸の菜穂と明日香が息を弾ませていたのだ。室内にも濃厚に甘ったるい汗の匂いが立ち籠めていた。

どうやら二人で襖の隙間から一部始終を覗いて興奮を高め、二人で戯れ合い、ちょうど一段落したところのようだった。

「みんなは帰ったのね。疲れたでしょう」

「ええ、でも大丈夫です」

菜穂に言われ、正樹は勃起したまま並んで寝ている二人の足に屈み込んだ。

奈緒の足の指に鼻を割り込ませ、ムレムレの匂いを貪ってから爪先をしゃぶり、両足とも味わうと明日香の足に移動した。

彼女も蒸れた匂いを濃く沁み付かせ、正樹は嗅いでから同じように全ての指の股を味わった。

「ああ……」

明日香はビクリと反応して熱く喘いだ。

今まで二人は、添い寝してクリトリスをいじり合っていたようだった。

正樹は菜穂に戻り、脚を開かせて滑らかな内腿を舐め上げ、股間に迫っていった。

すでに割れ目は大量の愛液にまみれ、指で広げると膣口には白っぽい粘液もまつわりついていた。

茂みの丘に鼻を埋め込んで嗅ぐと、生ぬるい汗とオシッコの匂いが濃厚に鼻腔を刺激してきた。

彼は美女の匂いを胸いっぱいに貪りながら舌を挿し入れ、淡い酸味のヌメリを掻き回し、膣口からクリトリスまで舐め上げていった。

「アア……、いいわ……」

菜穂が顔を仰け反らせて喘ぎ、内腿でキュッときつく彼の両頬を挟み付けてきた。

正樹も執拗にクリトリスを吸い、充分に匂いを味わってから、彼女の両脚を浮かせ、尻の谷間に鼻を埋め込んでいった。微香を嗅いでから舌を這わせて襞を濡らし、ヌルッと潜り込ませて粘膜を掻き回した。

「く……」

菜穂も、すっかりその気になってきたように呻き、肛門で舌先を締め付けた。

正樹は彼女の前と後ろを味わってから、明日香の股間に移った。

柔らかな若草に鼻を擦りつけて嗅ぐと、やはり汗とオシッコの匂いが馥郁と鼻腔を刺激してきた。しかも、どうやら菜穂が舐めたらしく、唾液の香りも残ってほのかに感じられた。

正樹は嗅ぎながら舌を這わせ、清らかなヌメリをすすり、膣口とクリトリスを舐め回した。

「ああ……、いい気持ち……」

明日香もすっかり感じて喘ぎはじめ、ヒクヒクと白い下腹を波打たせた。

もちろん彼女の両脚も浮かせ、白く丸い尻の谷間に鼻を埋め込み、悩ましい匂いを嗅いでから舌を這わせ、ヌルッと潜り込ませた。

「あう……！」

明日香も呻き、キュッときつく肛門で舌先を締め付けてきた。

二人の下半身を存分に味わうと、正樹は彼女たちの間に這い上がっていった。

仰向けになると、左右から二人が乳房を顔に押し付けてきた。

正樹は混じり合った甘ったるい汗の匂いに噎《む》せ返りながら、それぞれの乳首を交互に含んで舐め回した。

「アア……、もっと……」

菜穂が言って膨らみをグイグイ押し付け、彼も舌と歯で微妙に愛撫しながら漂う体臭に包まれた。

二人の乳首を味わってから、彼はそれぞれの腋の下にも鼻を埋め、生ぬるく湿った腋毛に籠もる甘ったるい濃厚な汗の匂いで胸を満たした。

すると菜穂が身を起こし、明日香も同じように移動して、彼の股間に顔を寄せてきたのだ。

正樹は明日香の下半身を求め、女上位のシックスナインの体勢を取らせた。

明日香が亀頭にしゃぶり付くと、菜穂は彼の両脚を浮かせ、肛門を舐め回してヌルッと舌を潜り込ませてきた。

「く……」

正樹は快感に呻き、明日香の口の中で幹を震わせ、肛門で菜穂の舌先をモグモグと締め付けた。二人の混じり合った鼻息が陰嚢をくすぐり、さらに明日香は深々と呑み込んできた。

正樹は下から明日香の割れ目を舐め、クリトリスを吸った。

「ンンッ……」

明日香も刺激されるたび、熱く鼻を鳴らしてチュッと亀頭に吸い付いてくれた。

やがて肛門内部で舌を蠢かせていた菜穂が、彼の脚を下ろして舌を引き離し、そのまま陰嚢を舐め回し、睾丸を転がした。

そしてペニスの裏側を舐め上げてきたので、明日香も口を離し、一緒になって先端を舐め回してきた。

「ああ……、気持ちいい……」

正樹も明日香の割れ目から舌を離し、二人がかりの快感に喘いだ。

二人は交互にペニスを根元まで含んで吸い付き、チュパッと離しては交代した。

たちまち彼自身は、二人分の生温かな唾液にまみれ、絶頂を迫らせてヒクヒクと震えた。

「じゃ、先に入れて……」

ようやく口を離すと菜穂が言い、明日香も身を起こして向き直った。どうせまだオルガスムスが得られるわけではないだろうから、先に明日香にさせて、菜穂はラストを飾ろうというのだろう。

それに正樹も、四人がかりで何度か射精したので、一人目の明日香で暴発することもないと踏んだようだ。明日香は濡れた先端に割れ目を押し付け、位置を定めると息を詰めてゆっくり座り込んできた。

ペニスはヌルヌルッと滑らかに根元まで納まり、彼女も完全に股間を密着させた。

「アア……」

明日香が喘ぎ、キュッときつく締め付けてきた。

正樹も快感を嚙み締めたが、菜穂の思惑通り暴発する心配はなさそうだ。

「もう痛くないでしょう？」

「はい……」

上体を反らしている明日香の乳房を揉み、菜穂が肌を寄せて囁くと彼女も答えた。

「さあ、動いてごらんなさい」

菜穂に促され、支えられながら明日香も腰を上下させはじめた。

大量の愛液が動きを滑らかにさせ、次第にクチュクチュとリズミカルな摩擦音が聞こえてきた。

「アア……、いい気持ち……」

明日香が膣内の収縮を活発にさせて喘ぎ、次第に激しく腰を遣った。

正樹も屹立したまま懸命に刺激に耐え、たまに下からもズンズンと股間を突き上げて快感を味わった。

やがて明日香が、上体を起こしていられなくなったように覆いかぶさってきた。

その弾みにペニスが引き抜け、そのまま明日香は気が済んだように横になってしまった。

すると菜穂が待っていたように身を起こし、明日香の愛液にまみれたペニスに跨がり、腰を沈めてヌルヌルッと根元まで受け入れていった。

3

「ああッ……、いいわ……！」

股間を密着させた菜穂が仰け反って喘ぎ、キュッときつく締め付けた。

正樹も肉襞の摩擦と温もりに包まれ、うっとりと快感を嚙み締めた。

菜穂が身を重ね、胸に乳房を押し付けてきた。彼も両手を回して抱き留め、僅かに両膝を立てて尻の感触も味わった。

奈緒がすぐにも股間をしゃくり上げるように動かすと、恥毛が擦れ合いコリコリする恥骨の膨らみも伝わってきた。

正樹が下から唇を求めると、菜穂は添い寝している明日香の顔も抱き寄せ、二人で一緒に唇を重ねてきたのだった。

やはり二人相手が限界であり、四人は多すぎたと彼はあらためて思った。

姉妹のような二人が舌を伸ばし、彼の唇を舐め回してきた。正樹も舌をからめ、混じり合った生温かな唾液をすすった。

菜穂の息は花粉のような甘い刺激を含み、明日香の口からは甘酸っぱい果実臭の息が洩れていた。

その芳香を吸い込むと鼻腔で混じり合い、甘美な興奮が胸に広がっていった。

さらに二人の濡れた舌に鼻を擦りつけると、唾液の香りも混じって鼻腔を刺激し、我慢できずに彼はズンズンと股間を突き上げはじめた。

「アア……、もっと……」

菜穂も動きを合わせながら熱く喘ぎ、次第に二人の動きがリズミカルに一致して、ピチャクチャと湿った摩擦音が響いてきた。

そして彼の好みを知っているので、菜穂も明日香もことさら多めに唾液を分泌させては彼の口に注いでくれるのである。

正樹は小泡の多いトロリとした生温かなミックス唾液を味わい、うっとりと飲み込みながら突き上げを強めていった。

「い、いっちゃう……、アアーッ……！」

たちまち菜穂がオルガスムスに達し、声を上ずらせて喘ぎながらガクガクと狂おしい痙攣と収縮を開始した。

「く……！」

正樹も絶頂の快感に貫かれ、そのまま昇り詰めて、ありったけの熱いザーメンを勢いよく注入してしまった。

「ああ、もっと出して……」

噴出を受け止めた菜穂が言い、飲み込むようにキュッキュッときつく締め上げた。

正樹も心ゆくまで快感を味わい、最後の一滴まで出し尽くしていった。

何人としても、相手さえ変われば、ちゃんと快感とともに射精出来るし、ザーメンも出るのだと思った。

出しきると彼は満足げに突き上げを弱めてゆき、菜穂の下で力を抜いていった。

「ああ……、良かったわ……」

菜穂も荒い呼吸とともに言い、硬直を解いてグッタリと身を預けてきた。

まだ膣内は収縮を繰り返し、過敏になった幹がヒクヒクと跳ね上がり、そのたびに彼女も敏感になってキュッときつく締め付けてきた。

明日香も横から顔を寄せたまま、肌を密着させて身を投げ出していた。

正樹は、かぐわしく混じり合った二人の吐息を胸いっぱいに嗅ぎながら、うっとりと快感の余韻に浸り込んでいった。

呼吸を整えると、ようやく菜穂は股間を引き離してゴロリと横になった。

「ごめんなさいね。私は動けないので、一人でお風呂を使って帰って。明日香は今日はうちへ泊めることになっているので」

「分かりました」

言われて正樹は着物を持って立ち上がり、一人で風呂を使った。

まだ風呂場には四人の体臭が残っていたが、さすがに満足しきったか、もう一物《いちもつ》も反応しなかった。

そして全身を洗い流してから身体を拭き、身繕いをして部屋に戻ったが、まだ美女二人は横になったままだった。

外は、もうすっかり日が暮れかかっている。

「じゃ行きますね。お世話になりました」

「ええ、こちらこそ……」

言うと、菜穂は余韻に浸り横になったまま答え、明日香も添い寝したまま会釈した。

やがて正樹は千石家を出て、淫奇館へと戻ったのだった。

「そうかい、果林ちゃんは鎌倉へ行ったのか。一度、モデルになってもらいたかったんだが」

楽屋へ入ると、伊藤晴雨が来て真砂子に言っていた。

卓袱台の上には、何枚かの淫奇館の写真が置かれている。

正樹が見ると、見たことがあったが、それは静香が持っていた写真と同じだった。

どうやら、それは晴雨が撮ったものだったらしい。

この時代にカメラを持っているのもすごいが、晴雨は縛ったモデルを撮り、それを描くことも多いようだった。

もう今日は閉館しており、無三たちも帰ったようだ。

「義理の母親と息子ってところだな、一枚撮ってやろう」

晴雨が言ってカメラを構えた。正樹も思わず居住まいを正して真砂子と並び、撮ってもらった。

「じゃ、焼いたら持ってくるからね」

そう言い、晴雨は帰っていった。

正樹は客席の掃除を手伝い、戸締まりをして灯りを消すと、奥の部屋で真砂子と夕食を済ませた。

「僕の家でも、果林ちゃんを歓迎してくれたので何の心配も要《い》りませんので」

「そう、それなら安心だわ。千恵子ちゃんも何かと鎌倉へ行くから、その都度様子を見てもらえるし」

真砂子は言い、夕食の片付けをはじめた。

「それで、清光様の方は？」

「明日の晩にしてくれって。何かと都合があるんだろうね」

「そうですか……」

言われて、正樹も少々拍子抜けがしたが、さすがに今日は鎌倉から戻り、何人もの美女を相手にしたから疲れていた。それに長く待たされるのでなく、明晩会えるのなら、それで良いと思った。

「一人で寂しいので、ここで一緒に寝て」

「はい」

真砂子が言い、彼も答えた。

やがて布団を二組敷くと、正樹は着物を脱ぎ、寝巻に着替えて横になった。ほんのり甘い匂いがすると思ったら、果林の布団であった。

そして真砂子も着替えて灯りを消すと、正樹はすぐにも眠ってしまったのだった。

4

「う……、ま、真砂子さん……」

どれぐらい眠っただろうか、正樹が違和感に目を覚ますと、真砂子が彼のペニスにしゃぶり付いていた。

外が薄明るいようだから、日の出が近いらしい。

彼は帯を解かれて寝巻が開かれ、褌も取り去られて刺激に勃起していた。そして真砂子は、すでに全裸になっていた。

「ごめんね、起こしちゃって。夜にしたかったのだけど、あんまりよく眠っているので私も我慢して寝たのだけど、どうにも堪らなくなって」

真砂子が言い、なおも亀頭を含んで舌をからめてきた。

ペニスは朝立ちの勢いも加わり、唾液にまみれてピンピンに突き立っていた。

昨日は、昼前には鎌倉で千恵子として、午後は四人の美女、さらに菜穂と明日香と、七人に挿入したわけだが、一晩ぐっすり寝て、彼はリセットされたように完全に回復していた。

「ンン……」

真砂子も彼が目覚めたので遠慮なくしゃぶり付き、熱く鼻を鳴らして吸った。

正樹も完全に目が覚め、寝起きから激しい快感にのめり込んでいった。

彼女は根元まで呑み込むと上気した頰をすぼめて吸い付き、熱い息を股間に籠もらせ、執拗に舌をからめてきた。

ペニスは美女の生温かな唾液にまみれ、ヒクヒクと震えた。

「も、もう……、今度は僕が……」

言うと、真砂子もスポンと口を引き離して添い寝してきた。

甘えるように腕枕してもらい、白い巨乳に顔を埋め込み、勃起した乳首にチュッと吸い付いて舌で転がした。

「アア……」

真砂子もすぐに喘ぎはじめ、うねうねと熟れ肌を悶えさせた。

彼は生ぬるく甘ったるい体臭に包まれながら、もう片方の乳首も含んで舐め回し、顔中で柔らかな膨らみを味わった。

腋の下にも鼻を埋め、色っぽい腋毛に沁み付いた汗の匂いを貪り、やがて滑らかな肌を舐め降りていった。

「あ……、昨日はお風呂に入ってないので、舐めなくていいわ。すぐ入れて……」

真砂子が言ったが、正樹は構わず臍を舐め、豊満な腰からムッチリした太腿に移動し、脚を舐め降りていった。

足裏に舌を這わせ、指の股に鼻を割り込ませると、汗と脂に湿ったムレムレの匂いが濃厚に鼻腔を刺激してきた。

「ああ……、そんなことしなくていいのに……」

真砂子は喘いで言ったが、次第に快感にめり込んでいったようだ。

爪先をしゃぶり、両足とも全ての指の間を舐めてから股を開かせ、彼は脚の内側を舐め上げて股間に顔を進めていった。

白く滑らかな内腿を這い上がり、先に彼は真砂子の両脚を浮かせ、豊かな尻の谷間に鼻を埋め込んだ。

薄桃色の蕾には汗の匂いに混じり、生々しい微香が籠もって悩ましく胸に沁み込んできた。

チロチロと舐め回して息づく襞を濡らし、ヌルッと潜り込ませて粘膜を探ると、

「あう……、ダメよ、汚いから……」

真砂子が呻き、キュッと肛門できつく舌先を締め付けてきた。

正樹は充分に舌を蠢かせてから脚を下ろし、割れ目に迫った。

はみ出した陰唇は興奮に濃く色づき、すでに大量の愛液が外にまで溢れ出し、内腿にまで糸を引いていた。

指で陰唇を広げると、果林が産まれてきた膣口が襞を入り組ませて妖しく息づき、光沢あるクリトリスもツンと突き立って愛撫を待っていた。

黒々と艶のある茂みに鼻を埋め込み、濃厚な汗とオシッコの匂いを貪りながら舌を挿し入れていくと、

「アア……、舐めなくていいと言ったのに……」

真砂子は量感ある内腿でムッチリと彼の顔を挟み付け、声を上ずらせて言った。

正樹は悩ましい匂いで鼻腔を刺激されながら舌を這わせ、淡い酸味のヌメリをすすりながら、膣口からクリトリスまで舐め上げていった。

「アアッ……！」

真砂子も内腿を締め付けて喘ぎ、もうためらいも羞恥も吹き飛んでしまったようだった。

もがく腰を抱え込んで押さえ、正樹は執拗にクリトリスに吸い付きながら、膣に指

を潜り込ませ、小刻みに内壁を擦った。

「あうう……、いきそうよ、お願い、入れて……」

真砂子が急激に高まり、溢れる蜜に指の動きが滑らかになった。

正樹も待ちきれなくなり、指と舌を離して身を起こした。股間を進めてゆき、先端を割れ目に擦りつけてヌメリを与え、位置を定めると一気にヌルヌルッと根元まで挿入していった。

「あう……！　すごい……」

心地よい肉襞の摩擦に包まれながら股間を密着させると、真砂子が顔を仰け反らせて呻いた。

正樹は上体を起こしたまま、すぐにも腰を前後させて締め付けを味わい、艶めかしい温もりとヌメリに高まっていった。

しかし彼が身を重ねようとすると、

「お、お願い。お尻に入れてみて……」

彼女が意を決したように言ったのだ。

「え？　大丈夫かな……」

「前から一度してみたかったの。して……」

挿入したまま訊くと、真砂子が息を弾ませて言った。

どうやら以前から試してみたい願望があったのだろう。正樹も興味が湧き、この美熟女に残った最後の処女の部分に入れてみる気になった。

いったん引き抜いて、彼女の両脚を浮かせた。

見ると、割れ目から溢れた愛液が肛門まで充分にヌメらせている。

正樹は、愛液に濡れた先端を可憐な蕾に押し当てた。真砂子も懸命に口呼吸をして括約筋を緩め、彼は呼吸を計りながらグイッと押し込んでいった。

亀頭が潜り込むと蕾が丸く押し広がり、襞がピンと伸びきって光沢を放ち、今にも裂けそうなほど張り詰めた。

「く……、奥まで来て……」

真砂子が言い、実際最も太いカリ首まで入ってしまったので、挿入していくとあとは比較的楽だった。

膣内とは違った感触と摩擦快感があり、正樹は根元まで貫いて股間を密着させた。

すると尻の丸みが股間に押し付けられ、心地よく弾んだ。

「アア……、入ったのね。嬉しい……」

真砂子が脂汗を滲ませて喘ぎ、自ら巨乳を揉みしだいて乳首をつまみ、空いている割れ目にまで指を這わせてきたのだ。

「突いて、何度も奥まで。乱暴にして構わないから……」

真砂子がせがみ、正樹も最初はぎこちなく前後運動をしたが、次第に互いにリズミカルに動けるようになってきた。彼女も違和感に慣れたか、括約筋を活発に収縮させ、それも艶めかしい刺激になった。

さすがに入り口はきついが、中は思っていたほど狭くなく、ベタつきもなく滑らかだった。

「い、いきそう……」

「いいわ、出して、いっぱい……」

彼が絶頂を迫らせて言うと、真砂子も指で激しくクリトリスを擦りながら答えた。たちまち正樹は絶頂の快感に貫かれ、初めての感触の中でドクンドクンと勢いよく射精した。

「あうう……、出てるのね、温かいわ……」

真砂子が噴出を感じて呻き、中に満ちるザーメンで動きがさらにヌラヌラと滑らかになった。

「ああ……」

すっかり出し切ると、正樹は満足して声を洩らし、動きを止めていった。

力を抜くと、引き抜くまでもなくヌメリと締め付けでペニスがヌルッと押し出されてしまった。

何やら美女の排泄物になったような興奮が湧き、肛門は一瞬開いて粘膜を覗かせたが、徐々につぼまって元の可憐な形状に戻り、ペニスにも汚れの付着はなかった。

「あ、寝ないで。そのまま洗いに行きましょう」

真砂子はオルガスムスを得られないままだったが、そう言って身を起こし、互いに全裸のまま部屋を出て、勝手口から外に出た。

そこは井戸があり、夏などは行水もするため垣根越しに見られないよう葦簀《よしず》が立てかけてある。

もう日が昇りはじめていた。

真砂子が井戸水を汲んで互いの股間を流し、特にペニスは石鹸を付けて念入りに洗ってくれた。

「オシッコしなさい。中も洗い流した方がいいわ」

言われて、正樹も回復しそうになる淫気を抑え、懸命に尿意を高めて、やがてチョロチョロと放尿した。出し切ると、もう一度真砂子が洗ってくれ、最後に消毒するようにチロッと尿道口を舐めてくれた。

「ね、真砂子さんもオシッコして……」

正樹は簀の子に座り、目の前に真砂子を立たせ、片方の足を浮かせて井戸のふちに乗せさせて言った。

「ああ……、恥ずかしいわ……」

真砂子は言いながらも下腹に力を入れ、やがてチョロチョロと放尿してくれた。

朝日を浴びてキラキラ輝く流れを舌に受けて味わい、喉に流し込んだ。

味も匂いも淡いが、流れに勢いがつくと口から溢れ、胸から腹に伝う温もりが心地よかった。

流れは間もなく治まり、彼は割れ目に口を付けて余りをすすり、新たに溢れる愛液を味わった。

「アア……、もうダメ……」

真砂子が、やんわりと彼の顔を股間から離して足を下ろした。やはり葦簀に隠されているとはいえ、すぐに裏の家があるから喘ぎ声も出せないのである。

そしてもう一度互いに洗ってから身体を拭き、また全裸のまま部屋の布団に戻ったのだった。

「もう一度出来る……？」

真砂子が仰向けになり、股を開いて言った。

アナルセックスの初体験をして満足したとはいえ、まだ昇り詰めていないので淫気がくすぶっているのだろう。

「ええ、僕もすぐ入れたいです」

正樹も答え、再び股間を進めて先端を割れ目に押し当て、ヌルヌルッと滑らかに根元まで嵌め込んでいった。

「アアッ……、いいわ……」

真砂子が喘ぎ、今度は両手を伸ばして彼の身体を抱き寄せてきた。

正樹も豊満な熟れ肌に身を預け、温もりと感触を味わいながら、すぐにも腰を前後させはじめた。

「いい気持ち……、すぐいきそうよ……」

すっかり下地が出来ている真砂子が喘ぎ、ズンズンと股間を突き上げてきた。

熱く滑らかな摩擦を味わいながら、喘ぐ口に鼻を押し付けて嗅ぐと、真砂子の息は寝起きで濃くなり、甘い白粉臭が刺激的に鼻腔を掻き回してきた。

悩ましい匂いにすぐ高まり、正樹は上から唇を重ね舌をからめながら、股間をぶつけるように突き動かし続けた。

「ンンッ……、い、いく……！」

真砂子も唇を離して口走り、ガクガクと激しいオルガスムスの痙攣を開始した。

正樹は収縮と摩擦の中で昇り詰め、快感に身悶えながら熱いザーメンをドクドクと勢いよく注入した。

「あう、いい……！」

真砂子が熱く呻き、正樹も美熟女の唾液と吐息を貪りながら、柔肉の奥に最後の一滴まで出し尽くしていったのだった。

5

「大したもんだなあ。果林ちゃんが抜けても、ちゃんと客足は増えてるね。真砂子さんの芸人の選出が良いんだね」

楽屋で、手品の仕込みをしている無三がくわえ煙草で言った。彼の手品は道具の仕掛けによるものばかりで、ほとんどは漫談で客を笑わせる芸である。

「まあ、正樹君もマメに鎌倉へ行くといいよ。何なら、あっちで仕事を見つけたっていいんじゃないかい？」

「ええ、今後のことはいろいろ考えてます」

「うん、それがいいよ。ああ、もう一度果林ちゃんが胃で混ぜたミルクコーヒーが飲みたいのう……」

無三はしみじみとそう言い、ゴールデンバットの紫煙をくゆらせた。

彼が言う通り、確かに淫奇館の客足は衰えていない。新たに入った曲芸の芸人も達者だし、やはり何といっても浅草は賑わっているのである。

「あの、むーさんは、地下にいるという清光様のことは、どこまで知ってるんですか？」

正樹は、気さくな無三と二人きりなので思い切って訊いてみた。

「いや、何も知らないさ。会ったことがあるのは真砂子さんだけだからね。でも、若くて綺麗な女の人だとは聞いている」

「で、未来のことはどこまで言ってるんですか？」

「うん、六年後の大震災では、花屋敷の動物が逃げ出さないよう薬殺したとか、それから三十年近く先には国を挙げての戦争で、ここら下町も焼けると聞いてるけど、そんな先までわしは生きてないしね」

六十一歳という無三が言った。

「そうですか……」

やはり未来を見通す霊能者なのだろう。

とにかく、その彼女と今夜会えるのである。

そこへ、今日出演する芸人たちも集まってきたので、正樹は楽屋を出て奥の部屋へと引っ込んだ。

真砂子も開館させて、今日も淫奇館の一日が始まった。

と、そこへ千恵子が訪ねて来たのである。

「こんにちは。いま鎌倉から戻ったわ」

千恵子は、勝手知ったる様子で勝手口から上がり込んできた。

「果林ちゃんにも会ったわ。元気にしているし、正樹さんのご両親も良い人のようで居心地がいいらしいの」

千恵子が言う。大原家の老夫婦を正樹の両親と思っているようだ。

「そう、それなら良かった」

「あまり仕事していないなら行ってあげるといいわ。でも、東京にいるときは私ともお願い」

千恵子が言って、正樹ににじり寄ってきた。

開館した頃合いで、どうも正樹が一人だけでいることを見計らって来たのかも知れない。

正樹も淫気を湧き上がらせ、急いで座布団を並べた。

「あまりゆっくり出来ないから、全部は脱がないわ」

「ええ、じゃそのままで横に」

正樹が言うと、千恵子は裾をまくって下着と靴下を脱いで横になり、ブラウスのボタンを外して乳房もはみ出させた。着衣のまま肝心な部分だけ露出というのは、何とも艶めかしかった。

正樹も裾をめくって褌だけ脱ぎ去り、まずは千恵子の足裏を舐め、指の股に鼻を埋め込み、ムレムレの匂いを貪った。

「あう、そんなところから……」

千恵子がビクリと反応して呻き、それでも好きにさせてくれた。

正樹は両足とも、蒸れた匂いを充分に嗅いで指の股に籠もった汗と脂の湿り気を舐め回した。

そして腹這い、ムチムチとした健康的な脚の内側を舐め上げ、白く張り詰めた内腿をたどり、割れ目に迫っていった。

茂みに鼻を埋め込んで嗅ぐと、生ぬるい汗とオシッコの匂いが悩ましく鼻腔を刺激してきた。

匂いに噎せ返りながら舌を挿し入れると、すでに淡い酸味のヌメリが溢れはじめ、彼は膣口を搔き回し、クリトリスまで舐め上げていった。

「あん、いい気持ち……」

千恵子が身を反らせて喘ぎ、内腿でキュッと彼の両頬を挟み付けた。

正樹も執拗にクリトリスを舐め回しては、新たに溢れてくる愛液をすすり、さらに両脚を浮かせて尻の谷間に鼻を埋め込んでいった。

ピンクの蕾に籠もった秘めやかな匂いで鼻腔を満たし、顔中に密着する双丘を味わいながら舌を這わせた。

細かに震える襞を舐めて濡らし、ヌルッと潜り込ませて滑らかな粘膜を探ると、甘苦いような微妙な味わいが感じられた。

「く……、恥ずかしい……」

千恵子が呻き、肛門で舌先を締め付けて悶えた。

正樹は充分に味わってから脚を下ろし、再び割れ目に顔を埋め、心ゆくまで味と匂いを堪能した。

そして移動し、彼女のはみ出した乳首に吸い付くと、今日も生ぬるく薄甘い母乳が滲んできた。

「アア……、もっと吸って……」

千恵子がクネクネと身悶えて喘ぎ、自ら膨らみを揉みしだいて分泌を促した。

正樹は母乳の味わいと甘ったるい匂いに包まれ、うっとりと喉を潤した。もう片方の乳首にも吸い付き、充分に母乳を飲み尽くした。

「ああ……、今度は私……」

千恵子が息を弾ませて身を起こすと、入れ替わりに彼が仰向けになった。

屹立した肉棒を突き出すと、彼女も先端の粘液を舐め取り、丸く開いた口でスッポリと根元まで呑み込んでいった。

「ンン……」

喉の奥を突かれて呻きながら、熱い息を股間に籠もらせ、彼女は強く吸い付きながらネットリと舌をからめてきた。

「ああ、気持ちいい……」

正樹も快感に喘ぎ、最大限に勃起し、生温かな唾液にまみれた肉棒を美人妻の口の中でヒクヒクと震わせた。

しかし彼女は、唾液に濡らしただけでスポンと口を引き離し、すぐにも身を起こして前進してきた。ペニスに跨がり、先端を濡れた膣口に受け入れ、味わうようにゆっくり座り込んでいった。

「アア……、奥まで届くわ……」

千恵子が顔を仰け反らせて喘ぎ、キュッキュッと締め付けてきた。

正樹も心地よく滑らかな肉襞の摩擦と温もりに包まれ、ズンズンと股間を突き上げはじめた。やはり淫奇館で誰もが働いていると思うと後ろめたく、つい気が急《せ》いてしまうのである。

彼女も動きを合わせて腰を遣いながら、身を重ねてきた。

下から唇を求め、ピッタリと重ね合わせて舌をからめると、彼女もチロチロと蠢かせ、生温かな唾液をトロリと注いでくれた。

正樹は、小泡の多い唾液を味わい、うっとりと喉を潤しながら高まった。

「い、いきそう……」

千恵子が唇を離し、淫らに唾液の糸を引きながら口走った。

喘ぐ口に鼻を押し込むようにすると、濡れた唇が心地よく鼻を覆い、熱く湿り気ある息が鼻腔を刺激してきた。

　車中で蜜柑かリンゴでも食べたか、彼女の口はいつになく甘酸っぱい匂いが満ち、その刺激が悩ましく胸に沁み込んできた。

　正樹は嗅ぎながら股間を突き上げ、肉襞の摩擦に高まっていった。互いが股間をぶつけ合うように動くと、クチュクチュと湿った音がして、溢れた愛液が彼の肛門の方にまで伝い流れてきた。

「い、いく……、気持ちいいわ、アアーッ……！」

　たちまち千恵子がオルガスムスに達し、声を上ずらせながらガクガクと狂おしい痙攣を開始した。

　膣内の収縮に合わせるように、続いて正樹も昇り詰め、大きな快感とともにありったけの熱いザーメンをドクンドクンと勢いよく内部にほとばしらせた。

「あう、熱いわ……」

　噴出を受けて口走り、千恵子はグリグリと股間を擦りつけてきた。そして膣内は飲み込むようにキュッキュッと収縮し、彼は快感の中で最後の一滴まで出し尽くしてしまった。

「アア……、良かったわ……」

千恵子が言い、先に力を抜いてグッタリと覆いかぶさってきた。

まだ膣内の締め付けが繰り返され、過敏になった幹が内部でヒクヒクと跳ね上がった。正樹は千恵子のかぐわしい息を間近に嗅ぎながら、うっとりと快感の余韻を味わったのだった。

客席の方から笑い声が聞こえてきた。無三がまた何か面白いことを言っているのだろう。

そして正樹は、地下にいる清光のことを思いながら呼吸を整えたのだった。

第七章　謎の美女との目眩《めくるめ》く宵《よい》

1

「じゃ、そこを降りていって。清光様に、私は来ないように言われているので、朝まで過ごすことになるかも知れないわね」

真砂子が正樹に言い、地下への階段を指した。

もう風呂屋に行って夕食も終わり、あとは寝るだけの時間である。

地下室への入り口は、淫奇館のトイレ脇の、物置のような戸の向こうだった。

やがて真砂子が部屋に戻ってしまったので、正樹は一人で戸を開け、中に入った。

裸電球が点いており、彼は内側から戸を閉めて階段を下りていった。

（どんな人なんだろう……）

恐れと好奇心に胸が震えたが、やがて階段を下りきると、そこにもドアがあり、彼はノックしてノブを引っ張った。

ドアは滑らかに開き、中は薄暗いが寒くなく、甘ったるく生ぬるい匂いが立ち籠めていた。

正面に祭壇があり、手前に布団が敷き詰められ、祭壇に向いて座っている巫女《みこ》の後ろ姿が見えた。これが清光だろう。さして広い部屋ではないが、ここで寝起きし、いったい何を食べているのだろうか。

「あ、あの、清光様ですか……」

正樹が声をかけて座ると、彼女もゆっくり向き直った。

僅かな照明に白い顔が映し出された。長い黒髪に、目鼻立ちの整った美女。歳は、三十前後であろうか。

「正樹君、分からない？」

「え……？」

呼ばれて驚いて見ると、彼女が懐中からメガネを取りだして掛けた。

「ま、まさか、静香さん……？」

正樹は、衝撃に目を丸くした。

「ごめんなさいね、なかなか会えなくて」

「せ、清光様って、静香さんだったの……？」

「そうよ、静香を音読みにして、せいこうに字を当てたの」

「どうして、この時代に……」

正樹は、疑問符で頭をいっぱいにさせ、混乱しながら訊いた。

「私には、時間を飛び越える能力があったの。昔から何度も過去へ飛んでいて、そのたびに夢だと思っていたのだけれど、どうやら現実で、次第に自在に行き来できるようになったのよ」

静香が話しはじめた。

「……」

「特に、スタジオで大正のジオラマを作り始めてからは、この時代に激しく惹《ひ》かれて何度か飛んだけど、まだまだ自由には出来なくて。そうしたら、私とセックスした君が代わりに飛んでしまったのね」

正樹は、能力のある静香の体液を吸収し、相性も良かったのか、一気に彼女の憧れの大正へタイムスリップしてしまったのだ。

「そんな……」

正樹がスタジオを出て、静香は忘れ物があったので渡そうとしてすぐ追ったが、どこにも彼は見当たらず、それで彼女も察したようだった。

「どうして携帯がつながったの……」

「時の穴が、どうやらこの界隈にあるようなので試しにかけただけ。どうせ充電できないだろうから、君が大正に来ていることだけ確認したかったの」

あとで訊くと、この地下の奥にはさらに迷路のような地下道があるらしい。

それは、十二階周辺にある私娼窟が、警察の手入れを逃れるために掘り巡らしたといわれているが、その複雑な形が時空を歪めてしまったのかも知れない。

「で、もうすぐ来られるって言っていたけど」

「そう、ようやく自分の意思で自在に行き来できるようになったのよ」

「でも、その電話の時には、もうここで清光様の噂は広まっていたけど……」

「もっと過去へ飛んで、自分の力を試していたの。真砂子さんは、元教師なのに神秘なものを信じやすい性格だったから」

それで、真砂子はここに祭壇を立ててしまい、時に姿を消し、時に現れる静香の居場所にしてくれたようだ。

静香も、雰囲気を出すため巫女の衣装でここを訪れていたのだろう。

「果林の子は、僕の先祖……？」

「そうね、それがあるから君も簡単に、私の力を借りてここへ来られたのだわ」

「なぜ、妊娠してからの成長が早いの」

「分からないわ。違う時代の人間が交わったら、通常は妊娠しないのだろうけど、君の場合は自分の曾祖父を作るという役割があったのね。どこか流れる時間が異なって、通常より早い成長なのだろうけど、こうして君がいるのだから無事に子孫が作られるはずよ」

「淫奇館と、天道寺家との関係は？」

「真砂子さんの旧姓が天道寺。つまり私の先祖。間もなく旧姓に戻して誰かを養子にするはずだわ」

「じゃ、僕と静香さんも、果林を通じた遠い親戚……」

正樹は言った。

そして静香は、今までにも何度も過去へ飛んでいるから、その時代で過ごした時間がプラスされるため、同学年なのにやけに大人びて見えるのかも知れなかった。

「じゃ、僕が細かに観察しなくても、静香さん自身で淫奇館の内部もじっくり見られるね」

「ええ、夜中に何度か歩き回って、二階も全て知ったわ」

それで、正樹と真砂子が最初に舞台で交わったときも、客席の片隅からそっと見ていたのだろう。

「じゃ、僕も難なく平成に帰れるんだね」

「ええ、私と一緒に帰れるわ。でも果林ちゃんへの責任もあるでしょうから、二重生活をするといいわ。未来の知識を生かして、この時代でしてみたいこともあるでしょう」

「うん、確かに」

正樹は答え、先に歌や小説を発表してしまうことなどを思い浮かべた。多少未来が変わってしまうかも知れないが、個人の力に過ぎないから、それは微々たるものであろう。

「とにかく、私も自由に行き来できるコツを掴んだから、近々この時代の衣装で来てあちこち歩き回ってみたいわ。憧れの大正の浅草を」

静香が言って立ち上がり、朱色の袴《はかま》の紐《ひも》を解きはじめた。

「時間を飛ぶのは、必ず私がオナニーをして快楽を得た直後なの。でも、それより相手がいた方が快楽が大きいので」

みるみる巫女の衣装を脱ぎながら彼女が言った。

能力を研ぎ澄ますため、そして快楽を得るため、これからはじめようというのだろう。もちろん、ずっと憧れていた美女との交わりに否《いな》やはなく、彼も手早く帯を解いて、着物と褌を脱ぎ去ってしまった。

静香も一糸まとわぬ姿になって、並べた座布団に横たわった。

甘えるように腕枕してもらうと、何やら久々に現代の女性に触れた気分になった。それでも、ほんのり汗ばんだ胸元や腋から漂う匂いは、この時代の美女ともさして変わりなかった。

正樹は静香の腋の下に鼻を埋め込み、さすがにスベスベの感触を味わって甘ったるい汗の匂いを嗅ぎながら、張りのある形良い乳房に手を這わせた。

「アア……」

静香も熱く喘ぎ、クネクネと身悶えはじめた。

正樹は悩ましい匂いを充分に嗅いでから、彼女を仰向けにさせてのしかかり、ピンクの乳首にチュッと吸い付き、舌で転がしながら柔らかな膨らみに顔中を押し付けて感触を味わった。

左右の乳首を順々に含んで舐め回し、さらに滑らかな肌を舐め降りて、臍を舐めて弾力ある腹に顔を押し付け、腰からムッチリした太腿をたどっていった。

脚を舐め降りると、静香は少しもじっとしていられないように身悶え、それでも好きにさせてくれた。

脛もスベスベで、足首まで降りると足裏に回り込み、踵から土踏まずに舌を這わせながら指の間に鼻を割り込ませて嗅いだ。

やはりそこは、汗と脂に湿って蒸れた匂いが濃く沁み付いていた。

正樹は静香の足の匂いを貪り、爪先にしゃぶり付いて全ての指の股を舐め、もう片方の足も味と匂いが薄れるほど堪能し尽くした。

「うつ伏せになって」

正樹が言うと、静香も素直に腹這いになり、彼は踵からアキレス腱、脹ら脛からヒカガミ、太腿から尻の丸みをたどっていった。

腰から背中を舐め上げると、淡い汗の味がし、長い髪にも顔を埋め込んで甘い匂いで胸を満たした。

肩から再び背中を這い下り、うつ伏せのまま股を開かせ、尻に顔を寄せていった。

指でグイッと谷間を広げると、ピンクの蕾が恥じらうようにキュッと閉じられ、鼻を埋め込むと顔中に双丘が密着してきた。

薄桃色の蕾に鼻を押し付けて微香を嗅ぎ、舌を這わせて襞を濡らした。

ヌルッと潜り込ませて滑らかな粘膜を味わうと、

「く……」

静香が顔を伏せたまま呻き、キュッと肛門で舌先を締め付けてきた。

正樹は舌を蠢かせ、やがて再び彼女を仰向けにさせ、片方の脚をくぐって股間に顔を迫らせた。

割れ目からはみ出した陰唇は蜜を宿し、やがて彼は、熱気と湿り気の籠もる美女の中心部にギュッと顔を埋め込んでいった。

2

「ああッ……、恥ずかしいわ……」

静香がビクッと反応して喘ぎ、内腿でムッチリと彼の両頬を挟み付けてきた。

正樹は腰を抱え、柔らかな茂みに鼻を擦りつけ、隅々に沁み付いた甘ったるい汗の匂いと、ほのかな残尿臭で鼻腔を満たした。

心地よく悩ましい刺激が胸に満ちると、さらに勃起したペニスに興奮と悦びが伝わっていった。

胸いっぱいに嗅ぎながら舌を挿し入れ、陰唇の内側から柔肉を探ると、淡い酸味のヌメリが動きを滑らかにさせた。

息づく膣口の襞をクチュクチュ搔き回し、ツンと突き立ったクリトリスまで味わうようにゆっくり舐め上げていった。

「アア……、い、いい気持ち……」

静香が顔を仰け反らせ、内腿に力を込めながらヒクヒクと白い下腹を波打たせた。

正樹も腰を抱えながら執拗にクリトリスを舐め回し、時に上の歯で包皮を剝き、完全に露出した突起にチュッと吸い付き、指も膣口に挿し入れて小刻みに内壁を擦っては、天井に膨らみも圧迫した。

「ダ、ダメ……、いきそうよ、待って……」

静香が、舌と指による早々とした絶頂を惜しむように声を上ずらせ、身を起こしてきてしまった。

股間を追い出されると、もっと舐めていたかった正樹は仕方なく仰向けになっていった。すると静香が覆いかぶさって、彼の乳首にチュッと吸い付き、舌を這わせてきたのだ。

「ああ……、噛んで、静香さん……」

正樹が受け身体勢になってせがむと、静香も熱い息で肌をくすぐりながら彼の乳首をキュッキュッと噛んでくれた。

「あう……、もっと強く……」

彼は甘美な刺激に呻き、クネクネと身悶えた。

静香も左右の乳首を舌と歯で愛撫し、やがて肌を舐め降りていった。大股開きになると彼女も真ん中に腹這い、顔を寄せてきた。

長い髪がサラリと股間を覆い、その内部に熱い息が籠もった。

静香は彼の両脚を浮かせ、肛門を舐め回してヌルッと潜り込ませてきた。

「く……」

彼は妖しい快感に呻き、モグモグと肛門で美女の舌先を味わうように締め付けた。

静香は熱い鼻息で陰嚢をくすぐりながら舌を蠢かせ、やがて脚を下ろして陰嚢を舐め回した。二つの睾丸を転がし、袋全体を生温かな唾液にまみれさせると、いよいよ肉棒の裏側を舐め上げてきた。

先端まで来ると幹に指を添え、粘液の滲む尿道口をチロチロと舐め、さらに張りつめた亀頭にも舌を這わせてきた。

そして丸く開いた口で、根元までスッポリと呑み込んでくれた。

熱い鼻息が恥毛をそよがせ、幹を丸く締め付けて吸い、口の中ではクチュクチュと舌が滑らかにからみついてきた。

「ああ……、気持ちいい……」

正樹は快感に身悶え、唾液にまみれたペニスをヒクヒクと上下させた。

さらに彼女は顔全体を小刻みに上下させ、濡れた口でスポスポと強烈な摩擦を開始してくれた。

「ンン……」

彼も股間を突き上げると静香が小さく呻き、ヌルッとした喉の奥に先端が触れ、新たな唾液がたっぷり溢れてきた。

「い、いきそう……、入れて……」

正樹が急激に絶頂を迫らせて言うと、静香もチュパッと口を引き離し、身を起こしてきた。そのまま前進してペニスに跨がり、先端に割れ目を押し当てると、息を詰めてゆっくり腰を沈み込ませた。

たちまち張りつめた亀頭が潜り込み、あとはヌルヌルッと滑らかに根元まで呑み込まれていった。

「ああ……、いいわ……」

静香が深々と受け入れ、完全に座り込んで喘いだ。そして密着した股間を何度かグリグリと擦りつけてから、身を重ねてきた。

正樹も両手を回して抱き留め、僅かに両膝を立てて温もりと感触を味わった。

小刻みにズンズンと股間を突き上げると、静香も合わせて腰を動かしはじめ、何とも心地よい肉襞の摩擦がペニスを刺激した。

締まりも良く、ヌメリも多くて互いの動きがリズミカルに一致してきた。

正樹が彼女の首筋を舐め上げ、喘ぐ口に鼻を押し付けて嗅ぐと、熱く湿り気ある息が花粉に似た甘い刺激を含んで鼻腔を掻き回した。

正樹は静香の匂いに酔いしれながら突き上げを強め、下から唇を重ね、舌を挿し入れていった。

「ンン……」

彼女も熱く鼻を鳴らし、チュッと彼の舌に吸い付いてきた。

大量の愛液が律動を滑らかにさせ、クチュクチュと湿った摩擦音が響き、溢れた分が彼の陰嚢から肛門の方にまで伝い流れてきた。

「唾を出して……」

言うと、静香も懸命に分泌させ、トロトロと注ぎ込んでくれた。

正樹は生温かく小泡の多い粘液を味わい、うっとりと喉を潤した。

さらに顔中を彼女の口に擦りつけると、静香も舌を這わせてくれ、清らかな唾液でヌルヌルにまみれさせてくれた。

「い、いっちゃう……」

正樹は、美女の唾液と吐息の匂いに包まれながら、心地よい摩擦の中で口走った。

「わ、私も……、アアーッ……！」

すると、同時に静香も息を弾ませて言い、ガクガクと狂おしいオルガスムスの痙攣を開始したのだった。

正樹も大きな絶頂の快感に全身を貫かれ、熱い大量のザーメンをドクンドクンと勢いよく柔肉の奥にほとばしらせてしまった。

「あう……、もっと……！」

噴出を感じた静香は、駄目押しの快感を得たように呻き、キュッキュッときつく締め上げてきた。

正樹は心ゆくまで快感を味わい、最後の一滴まで出し尽くしていった。すると静香も肌の強ばりを解いて、グッタリと彼に体重を預けてきた。

「ああ……、良かったわ、すごく……」

静香は力を抜いて言い、何度かビクッと肌を震わせた。

まだ膣内の収縮は繰り返され、刺激されるたびペニスが過敏にヒクヒクと内部で跳ね上がった。

正樹は彼女の重みと温もりを受け止め、かぐわしい息を間近に嗅ぎながら、うっとりと快感の余韻を噛み締めたのだった。

しばし重なったまま呼吸を整えると、やがて静香がノロノロと身を起こし、股間を引き離した。

「一度、平成に戻る？」

「え？　今……？」

「ええ、この地下室は、今なら現代の地下にも繋がっていて行き来できるわ。最近わかったの」

言われて、正樹も身を起こして着物の中から携帯を取り出した。どうせ未来のスタジオも無人だろうから、裸のままで構わないだろう。

静香も全裸で立ち上がり、彼の手を握った。

「こっち」

彼女に引っ張られて奥のドアを開けると、実際には十二階の地下道に通じる路があるはずなのだろうが、そこは平成のスタジオの地下であった。

物置と聞いていたので、勤めている正樹もスタジオの地下は初めてだった。

全裸のまま階段を上がると、そこは懐かしいスタジオで、大正のジオラマがほぼ完成していた。

さらに二人で二階に行くと、静香がバスルームの湯を出しにいった。

その間に、正樹は携帯の充電をさせてもらい、あとからバスルームに入った。

「ああ、シャワーなんて何日ぶりだろう……」

正樹は、明るい浴室でシャワーの湯を浴びて言い、互いの股間を洗い流した。

「久々に戻った気分はどう？」

「うん、淫奇館も果林も、百年前のことなんだね……」

訊かれて答え、自分が果林の子の曾孫であることを不思議に思った。

「ジオラマの内部も正確に出来たから、正樹君に観察を頼むまでもなかったわね」

「また戻るなら、何か持っていくような便利なものはないかな」

「あまり歴史をいじるのも良くないだろうから、今のお菓子ぐらいが無難じゃないかしら」

「ええ……」

静香が答え、正樹も頷いた。

やがて身体を洗ってさっぱりすると、正樹は床に座り、目の前に静香を立たせ、片方の足を浮かせてバスタブのふちに乗せた。

「ね、オシッコして……」

彼は言い、開いた股間に顔を埋め込んだ。濃厚だった匂いも消え去ったが、舐めると新たな愛液が溢れ、淡い酸味のヌメリで舌の動きが滑らかになった。

すると柔肉が迫り出すように盛り上がり、味わいと温もりが変化してきた。

3

「あう……、出るわ、いいの……？」

静香が息を詰めて言い、ガクガクと膝を震わせた。

同時に温かな流れがチョロチョロとほとばしり、正樹の口に注がれてきた。

味わいも匂いも淡く、やはり現代の飲食物を取り入れている静香のオシッコは、どこか大正時代の女性たちのものとは異なる趣があった。

「アア……」

静香は熱く喘ぎ、身体を支えるように両手で彼の頭を抱えて放尿を続けた。

勢いが増すと口から溢れた分が胸から腹に伝い流れ、すっかり回復しているペニスが温かく浸された。

やがて勢いが衰えると、正樹は残り香の中で余りを飲み込み、舌を挿し入れて潤いを貪った。

「あうう……、もうダメよ……」

感じた静香が呻いて言い、やんわりと彼の顔を股間から引き離して足を下ろした。

そしてもう一度二人で全身を洗い、身体を拭いてバスルームを出た。

彼女が冷蔵庫から烏龍茶《ウーロン》を出して飲み、正樹も少しもらい、久々に現代の飲み物で喉を潤した。

「大正以外にも行けるの？」

「今のところ、最も興味のある大正だけだわ。戦国とか戦争中とか、変な時代で危ない目に遭っても困るし」

静香は答え、二階の灯りを消した。

「さあ、戻りましょうか」

「ええ、もう一回したいけれど……」

静香が言うと、正樹はピンピンに勃起したペニスを指した。

「いいわ、向こうでもう一度」

彼女は言い、また二人で全裸のまま地下まで降りていった。

本当なら静香の匂いのするベッドでしたかったが、何しろ大正に、服と彼女のメガネを置いてきたままなのだ。

暗い地下室に入り、奥へ進むと、祭壇のある淫奇館の地下に戻った。

また正樹は並べた座布団に仰向けになり、屹立したペニスを突き出した。

「どうして女上位が好きなの？」

「唾を垂らしてもらえるし、綺麗な顔を見上げるのが好きだから」

彼は答え、せがむように幹をヒクヒクさせた。

すると静香も屈み込み、張りつめた亀頭にしゃぶり付いてくれた。念入りに舌を這わせて唾液に濡らし、スッポリと喉の奥まで呑み込んだ。

指先は陰嚢を微妙なタッチでくすぐり、口で幹を丸く締め付けて吸い、熱い息を股間に籠もらせながらクチュクチュと舌をからめた。

「ああ、気持ちいい……」

快感に喘ぎながら股間を見ると、長い髪を下ろした静香の顔が新鮮で、股間を覆う髪の感触も心地よかった。

「ね、メガネかけて……」

言うと彼女も手を伸ばしてメガネを取り、かけてから再びしゃぶってくれた。

やはり日頃から馴染《なじ》んでいるメガネ美女の顔の方が、正樹の快感と興奮が高まるようだった。

やがて静香は充分に生温かな唾液にペニスをまみれさせ、スポスポと軽く摩擦してからチュパッと口を引き離した。そしてすぐにも跨がり、先端を受け入れていった。すでに割れ目は充分すぎるほど濡れていた。

「アアッ……！」

ヌルヌルッと滑らかに根元まで嵌め込むと、静香が股間を密着させて喘いだ。

そしてグリグリと股間を擦りつけながら身を重ねてきたので、正樹も両手で抱き留め、僅かに両膝を立てた。

胸に柔らかな乳房が押し付けられて弾み、柔肌が密着した。

静香は自分から腰を遣いはじめ、彼が股間を突き上げると、たちまちピチャクチャと湿った摩擦音がして、互いの股間がビショビショになっていった。

「い、いい気持ち……」

静香が声を震わせ、動きを速めていった。

「唾を垂らして……」

言うと、また静香はためらいなく形良い唇をすぼめ、小泡の多い粘液をトロトロと吐き出してくれた。それを舌に受けて味わい、正樹はうっとりと喉を潤しながら突き上げを強めていった。

「顔中にも思い切り吐きかけて……」

高まりながら言うと、静香も大きく息を吸い込み、強くペッと吐きかけてくれた。

清楚なメガネ美女がためらいなくするから、なおさら興奮が増した。

「ああ……」

生温かな唾液の固まりを鼻筋にピチャッと受け、甘い花粉臭の息を嗅ぎながら正樹は快感に喘いだ。

すると静香は、そのまま舌を這わせ、さらに吐き出した唾液を彼の顔中にヌラヌラと塗り付けてくれた。正樹も何度か舌をからめて唾液をすすり、甘い匂いの吐息に鼻腔を刺激されながら絶頂を迫らせていった。

「い、いきそう……、いっていい……？」

正樹は限界に近づきながら、許可を求めるように言った。

「待って、もう少し……」

すると、静香も目を閉じて息を詰め、大波を待ちながら膣内の収縮を高めて動きを激しくさせていった。もう我慢できず、とうとう彼は昇り詰め、大きな快感に全身を貫かれてしまった。

「く……！」

呻きながら、ありったけの熱いザーメンをドクドクと内部にほとばしらせると、

「あう、いく……！」

噴出を感じた静香も声を洩らし、辛うじて同時にオルガスムスに達してくれたようだった。ガクガクと狂おしい痙攣を繰り返し、膣内を収縮させながら彼の上で静香は乱れに乱れた。

正樹も彼女の濡れた口に鼻を擦りつけ、甘い唾液と吐息の匂いに胸を掻き回され、肉襞の摩擦快感の中で心置きなく最後の一滴まで出し尽くしてしまった。

「ああ……」

すっかり満足しながら声を洩らし、徐々に突き上げを弱めていくと、

「アア……、良かったわ……」

静香も声を洩らし、肌の硬直を解きながらグッタリともたれかかってきた。

正樹はまだ収縮する膣内で、ヒクヒクと過敏に幹を震わせた。

そして重みと温もりを受け止め、かぐわしい息を嗅ぎながら、うっとりと快感の余韻に浸り込んでいったのだった……。

4

「あ、スタジオに携帯を忘れてきた……」

翌朝、正樹は清楚な着物を着た静香と浅草界隈を歩きながら言った。

「要らないでしょう。変に巡査にでも見つかって勾留《こうりゅう》されたら困るわ」

静香が、目を輝かせて周囲を見て答えた。時間を行き来する能力に自信が付き、ようやく外を歩く気になったのだろう。

それ以前に正樹の方は、何も考えず気ままに行動しまくっていたのであるが。

だから静香は、現代の菓子を持ってくるときも包装紙から出し、チリ紙に包んで持ち込むほど気を遣っているのである。

それにしても淫奇館の地下でのセックスは、現代のスタジオと繋がっているので、すぐにもシャワーが使えて実に便利であった。

そして昨夜は地下で一緒に寝て、朝になって淫奇館に上がっていったのだ。

真砂子も、あまり深く訊かぬまま静香に着物を貸してくれた。

正樹は午前中いっぱい、静香に付き合って十二階から花屋敷、浅草寺仲見世まで一緒に歩き回った。

「押し詰まったわね。大正でもクリスマスとかするのかしら」

「教会もあるようですからね、大々的でなくても行なうのでしょう」

正樹は言い、やがて二人で蕎麦屋に入って昼食をとった。

「先の知識とか、どこまで許されるでしょうね。歌詞とか小説とか」

「何も現代から文庫を持ってきて、書き写すようなことさえしなければ良いんじゃないかしら。記憶に残っている話を、自分の言葉で書くのなら」

正樹が訊くと、静香が答えた。

「ええ、そうですね。でも僕は文章より、マンガの方が良いかも知れない」

「マンガなら、時代を考えてね。あんまり劇画タッチで激しいと目をつけられるだろうから」

「そんなに書き込めないでしょうから、ほのぼの路線で行こうかと思います。どうせスクリーントーンもないんだし」

　正樹は言い、いずれ発表前に静香に目を通してもらうべきだろうと思った。

「年内のうちに、もう一回鎌倉へ行ってきます。果林、何が喜ぶだろう」

「やっぱり、形に残らないお菓子とかが無難だわ」

「そうですね」

　正樹は答えながら、果林の人間ポンプの技を思い出し、何と何を混ぜて出してもらえたら美味しいか考え、股間が熱くなってきてしまった。

　やがて二人は淫奇館に戻り、正樹は真砂子の部屋で休憩し、静香は他の客に混じって二階の展示物を見たり、客席で芸を見たりして過ごした。

　夜になって閉館し、掃除も終えると三人で遅めの夕食を囲んだ。

「まさか、清光様とお食事するなんて、緊張するわ……」

「そんな、正樹君と同じ大学だっただけですので」

　静香が笑って言ったが、実際真砂子は緊張気味にしていた。あまり突っ込んで質問してこないのも、どこか二人が常識を遥かに超えた世界の住人だと察していて、どうせ理解できないと思っているからかも知れない。

　夕食を終えると、静香は地下へ戻っていった。

正樹と真砂子は、また部屋で一緒に寝ることにした。

「明日にも、また鎌倉へ行ってきますね」

「そう、喜ぶわ。着替えとか、いろいろ持っていってあげて」

言うと真砂子も答え、淫気を高めてすぐにも一糸まとわぬ姿になってしまった。

正樹も全裸になり、互いに布団でもつれ合った。

どうせ静香も、夜は現代に戻ってしまい、自分のベッドで寝るかジオラマ制作をするかどちらかだろう。

「すごい、硬くなってるわ……」

真砂子がペニスをまさぐって言い、彼を仰向けにさせて顔を寄せてきた。

幹を指で支えると、慈《いつく》しむように舌先で尿道口を舐め回し、亀頭を咥えて喉の奥までスッポリと呑み込んでいった。

熱い鼻息で恥毛をくすぐり、幹を締め付けて執拗に吸い、口の中では念入りに舌をからみつけてきた。

「アア……」

正樹は快感に喘ぎ、生温かな唾液にまみれた肉棒をヒクヒク震わせた。

真砂子も充分に舌を蠢かせて肉棒を濡らし、顔を上下させてスポスポと摩擦してから口を離した。

彼女が仰向けになったので、入れ替わりに正樹は身を起こし、足に屈み込んだ。

美熟女の足裏に舌を這わせ、指の股に鼻を割り込ませて嗅ぐと、今日もそこは生ぬるい汗と脂に湿り、蒸れた匂いが濃く沁み付いていた。

胸いっぱいに嗅いでから爪先をしゃぶり、桜色の爪をそっと嚙み、全ての指の股に舌を挿し入れて味わった。

「あう……、ダメ……」

真砂子がクネクネと腰をよじって呻き、指先で舌を挟み付けてきた。

正樹はもう片方の足も味と匂いを堪能し、やがて脚の内側を舐め上げていった。

白くムッチリした内腿を舐め上げ、股間に迫っていくと、熱気と湿り気が顔中を包み込んできた。見ると、すでに陰唇はネットリとした蜜にまみれ、光沢あるクリトリスも突き立って覗いていた。

彼は顔を埋め込み、黒々と艶のある茂みに鼻を擦りつけて嗅いだ。

隅々には、汗とオシッコの匂いが今日も悩ましく濃く籠もり、艶めかしく鼻腔を刺激してきた。

嗅ぎながら舌を這わせ、中に差し入れるとヌルッとした熱いヌメリが迎えた。

淡い酸味の潤いを掻き回し、果林が出てきた膣口からクリトリスまで舐め上げていくと、

「アアッ……、いい気持ち……！」

真砂子がビクッと顔を仰け反らせて喘ぎ、内腿で彼の顔を挟み付けてきた。

正樹も執拗にチロチロとクリトリスを舐め回しては、新たに湧き出すヌメリをすすり、さらに両脚を浮かせて白く豊満な尻に迫っていった。

ほんのり湿ったピンクの蕾に鼻を埋めて生々しい微香を嗅ぎ、舌を這わせて襞を濡らし、ヌルッと潜り込ませて粘膜を探ると、

「く……！」

真砂子が呻き、モグモグと肛門で舌先を締め付けた。

正樹は充分に舌を蠢かせてから引き抜き、脚を下ろして再び割れ目を舐め回した。

大量の愛液をすすり、クリトリスにも吸い付くと、彼女の白い下腹がヒクヒクと波打った。

「お、お願い、入れて……」

真砂子が絶頂を迫らせ、腰をよじってせがんだ。

正樹も舌を引っ込めて身を起こし、そのまま前進して、先端を割れ目に押し付けて

いった。位置を定め、感触を味わうようにゆっくり潜り込ませていくと、急角度に勃起したペニスはヌルヌルッと滑らかに呑み込まれた。

「アア……、いいわ……！」

真砂子が身を弓なりに反らせて喘ぎ、彼も肉襞の摩擦と温もりを味わいながら股間を密着させた。すると彼女がキュッと締め付けながら両手を伸ばし、正樹を抱き寄せてきた。

正樹も、豊満な熟れ肌に身を重ねていった。そして屈み込んで乳首を含み、舌で転がしながら顔中で柔らかな膨らみを味わった。

感じるたび、膣内がキュッキュッと締まり、応えるように幹が震えた。

左右の乳首を順々に含んで舐め回し、腕を差し上げて腋の下にも鼻を埋め、色っぽい腋毛に沁み付いた甘ったるい濃厚な汗の匂いで胸を満たした。

すると、待ちきれないように真砂子がズンズンと股間を突き上げ、両手で激しくしがみついてきた。

彼の胸の下で巨乳が押し潰れて弾み、ほんのり汗ばんだ肌が吸い付き合い、恥毛が擦れてコリコリと恥骨の膨らみまで押し付けられた。

正樹も腰を突き動かしながら、上からピッタリと唇を重ねていった。

「ンン……」

真砂子は熱く呻いて、ネットリと舌をからめてきた。

大量の愛液が動きを滑らかにさせ、クチュクチュと湿った摩擦音が響いて、揺れてぶつかる陰嚢まで生温かく濡れた。

「アア……、い、いきそうよ……」

口を離し、唾液の糸を引いて膣内の収縮を活発にさせながら真砂子が喘いだ。

喘ぐ口に鼻を押し込んで嗅ぐと、熱く湿り気ある息が、甘い白粉臭の刺激を含んで鼻腔を掻き回してきた。

正樹も、美熟女の匂いと感触にジワジワと絶頂を迫らせていった。

「ね、お母さんと呼んで。一度でいいから……」

と、真砂子が熱っぽく彼を見上げて囁いた。正樹は、一瞬平成にいる実母を思い浮かべて淫気が削《そ》がれそうになってしまったが、果林の母親なのだから呼ばないわけにいかないだろう。

「お、お母さん……」

「ああ、いく……！　アアーッ……！」

呼んだ途端、真砂子が声を上ずらせて喘ぎ、彼を乗せたままガクガクとブリッジするように狂おしく腰を跳ね上げた。交わっている男に母と呼ばれ、倒錯の興奮がオルガスムスのスイッチになったようだ。

正樹も、膣内の心地よい収縮に巻き込まれ、続いて昇り詰め、大きな絶頂の快感に全身を包み込まれてしまった。

「く……！」

呻くと同時に、熱い大量のザーメンがドクンドクンと勢いよく内部にほとばしり、奥深い部分を直撃した。

「あう、感じる……、もっと……」

真砂子も噴出を感じて駄目押しの快感を得ると、さらに彼の背に爪まで立てて激しく乱れた。正樹も股間をぶつけるように突き動かしながら快感を味わい、最後の一滴まで出し尽くしていった。

やがて徐々に動きを弱めていき、彼は力を抜いて熟れ肌に身を預けた。

「アア……」

真砂子も満足げに声を洩らすと強ばりを解いてゆき、グッタリと身を投げ出していった。

正樹はもたれかかり、まだ息づいている膣内で幹をヒクヒクと過敏に跳ね上げた。

そして美熟女のかぐわしい息を胸いっぱいに嗅ぎながら、うっとりと快感の余韻を味わったのだった。

5

正樹が門から入っていくと、ちょうど庭で洗濯物を干していた果林が気づき、顔を輝かせて駆け寄ってきた。

「まあ！　正樹さん……！」

「やあ、元気そうにしているね」

正樹は、着物に割烹着《かっぽうぎ》姿の果林を見て、すっかり少女から若奥様のような雰囲気になっているなと思った。

今日は午前中、正樹は静香と一緒に平成へ戻って買い物をし、昼食を終えてから、大正の浅草から鎌倉へと来たのだった。

「二人は？」

「法要でお寺へ行っているけど、夕方には戻るわ。亡くなった子の命日だって。私はお留守番」

「そう」

正樹は答え、果林と一緒に家へ上がり込んだ。

果林は割烹着を脱ぎ、茶を入れてくれた。まだ当然ながら、腹の膨らみはそれほど目立っていない。

「これ、真砂子さんから預かった着替えと、お土産の人形焼き。それから百年後のお菓子」

正樹は、プラスチックのケースに入ったプリンアラモードを出してやった。静香は反対したが、この時代には無いプラのケースは、風呂の焚き付けにして消滅させてしまえば良いだろう。

「まあ、綺麗……」

果林が、プリンに各種フルーツとクリームの付いたデザートを見て、歓声を上げた。

正樹は蓋を開け、プラスチックのスプーンも出してやった。

「一つだけ？　じゃ半分つにしましょう」

「あとで半分戻して」

「まあ……」

果林は目を丸くしたが、正樹は期待に激しく勃起してきてしまった。

彼女はクリームの付いたプリンを一口食べ、

「甘くて美味しいわ……」

感動したように言うと、残りも遠慮なく食べはじめた。

徳治郎と澄江も、近々果林を正式に養子とする手続きをするらしい。正樹の戸籍は、この時代には無いので、そこは巧く歴史が操作してくれることだろう。

もちろん真砂子も、近いうちにここまで出向くことになる。

「たまに動くのよ」

食べながら、果林が腹を指して言う。

「そう、僕はその子の曾孫だから、結婚して子を作って元気で幸せな一生を送るはずだからね。でも、百年後のことは、あの二人に言ってはいけないよ」

「ええ」

果林は答えたが、彼女自身が半信半疑で本当に理解しているとも思えない。

やがて食べ終わると、正樹は果林が与えられている部屋に一緒に行って着物を脱ぎ去った。

彼女も布団を敷いて着物を脱ぎ、昼間からモジモジと全裸になった。

「じゃ、ここに座って脚を伸ばしてね」

「ああ……、これ苦手なんだけど……」

仰向けになって言うと、果林は尻込みしながらも跨いで腹に座ってくれた。

そして正樹が立てた両膝に寄りかかり、恐る恐る両脚を伸ばし、足裏を彼の顔に乗せてきた。

正樹も若妻になった美少女の両足の裏を顔に受け、重みと感触に陶然となった。

下腹に密着する割れ目が徐々に潤っていく感触が伝わり、彼は足裏を舐めながら勃起したペニスで果林の腰を叩き、指の股に鼻を割り込ませた。

今日も朝から働いていたのか、指の間は汗と脂に湿って生温かく蒸れた匂いが沁み付いていた。

足裏を舐め回して匂いを貪り、爪先もしゃぶって全ての指の間を味わった。

「アア……」

果林がくすぐったそうに腰をよじって喘ぎ、動くたびに濡れはじめた割れ目が擦りつけられた。

味わい尽くすと手を握って引っ張り、果林もそろそろと前進し、彼の顔を跨いでしゃがみ込んでくれた。Ｍ字になった脚がムッチリと張り詰め、ぷっくりした割れ目が鼻先に迫った。

僅かに陰唇が開いて、快感を覚えはじめた膣口と光沢ある真珠色のクリトリスが覗いていた。

正樹は腰を抱き寄せ、若草の丘に鼻を埋め込み、汗とオシッコとチーズ臭の混じった匂いを貪り、舌を挿し入れて掻き回した。

生温かく淡い酸味のヌメリが動きを滑らかにさせ、

「ああッ……！」

果林がビクッと反応して熱く喘いだ。クリトリスを舐めると、彼女は力が抜けそうになり、正樹の顔の左右で懸命に両足を踏ん張った。

味と匂いを堪能してから尻の真下に潜り込み、顔中に大きな水蜜桃のような丸みを受け止めながら、谷間の蕾に籠もった微香を嗅いでから舌を這わせた。

「あう……、ダメ……！」

ヌルッと潜り込ませて滑らかな粘膜を探ると、果林がか細く呻いてキュッと肛門で舌先を締め付けてきた。

正樹は中で舌を蠢かせ、やがて再び濡れた割れ目に戻ってきた。

「ね、少しでいいからオシッコして……」

真下から吸い付きながら言うと、果林も息を詰め、肌を強ばらせて尿意を高めてくれた。そして柔肉が蠢くと同時に、温かく緩やかな流れがチョロチョロと正樹の口に注がれてきた。

味も匂いも淡く上品で、彼も抵抗なく喉に流し込み、甘美な悦びで胸を満たした。

実際あまり溜まっていなかったようで、溢れるまでもなく流れが治まり、正樹も一滴余さず飲み干すことが出来た。

なおも余りの雫をすすっていると、新たな愛液が溢れてきた。

「も、もう……」

果林が言ってビクリと股間を引き離し、自分から移動して彼の股間に屈み込んできた。先端を舐め回し、熱い息を股間に籠もらせながら、亀頭を含み、そのままスッポリと喉の奥まで呑み込んでいった。

「ああ……、気持ちいい……」

正樹は快感に喘ぎ、生温かく濡れた美少女の口の中でヒクヒクと幹を震わせた。

果林も熱い鼻息で恥毛をくすぐり、幹を締め付けて吸いながらクチュクチュと舌を這わせてくれた。

小刻みに股間を突き上げると、彼女も顔を上下させてスポスポと摩擦してくれ、彼も充分に高まった。

肉襞の摩擦がヌルヌルッと心地よく幹を包み込んだ。
唾液に濡れた先端に割れ目を押し付け、ゆっくりと膣口に受け入れて座り込むと、
言うと果林も、チュパッと口を引き離して身を起こし、前進して跨がってきた。
「い、入れて……」

「アア……！」

果林は完全に股間を密着させて喘ぎ、正樹も快感を味わいながら両手を伸ばして抱き寄せていった。

顔を上げてピンクの乳首に吸い付き、舌で転がして膨らみを顔中で味わった。

もう片方の乳首も含んで舐め回し、もちろん腋の下にも鼻を埋め込み、生ぬるく湿った和毛に籠もる、何とも甘ったるい汗の匂いに酔いしれた。

そして小刻みにズンズンと股間を突き上げはじめると、

「ああ……、いい気持ち……」

果林も合わせて腰を遣い、熱く喘ぎはじめた。

正樹は下から唇を重ね、舌を挿し入れて滑らかな歯並びを舐め、さらに奥にいる舌を舐め回し、生温かな唾液のヌメリをすすった。

「ンン……」

果林も、次第にリズミカルに腰を遣いながら呻き、果実のように甘酸っぱい息を弾ませた。

「出して……」

口を離してせがむと、果林は胃の中で充分に温まったプリンアラモードを逆流させてくれた。直《じか》に吐き出すのではなく、いったん口に溜めたものを、唇を重ねてトロトロと注ぎ込んできた。

生ぬるいそれは甘く、細くなったプリンとクリーム、チェリーや蜜柑の混じり合った粘液が、果林本来の口の匂いを含んで彼の口に広がった。

それを飲み込むと甘美な興奮と悦びが胸いっぱいに広がり、正樹は甘酸っぱい芳香の中で激しく股間を突き上げはじめた。

「アア……、い、いっちゃう……！」

すると果林が先に高まり、膣内の収縮を活発にさせながらガクガクと狂おしく身悶えた。

「く……！」

同時に正樹も大きな絶頂の快感に全身を貫かれて呻き、熱い大量のザーメンをドクンドクンと勢いよく内部にほとばしらせてしまった。

「あう、熱いわ……」

果林が噴出を受け止めて呻き、さらにきつくキュッキュッと締め上げてきた。

正樹は溶けてしまいそうな快感に包まれながら股間を突き上げ、甘酸っぱい芳香を嗅ぎ、さらに果林の生温かな唾液を貪り、心置きなく最後の一滴まで出し尽くしていった。

満足しながら徐々に突き上げを弱めていくと、

「ああ……」

果林も声を洩らし、力尽きてグッタリと体重を預けてきた。

やがて完全に動きを止め、果林の温もりと重みを受け止めていると、まさに膣内がザーメンを飲み込むように収縮し、その刺激に射精直後のペニスがヒクヒクと内部で跳ね上がった。

正樹は彼女の熱く喘ぐ口に鼻を押し付け、唾液と吐息と、プリンアラモードの混じり合った芳香を嗅ぎながら胸を満たし、うっとりと快感の余韻に浸り込んでいった。

そして二人は、溶けて混じり合うほど長く重なったまま、荒い息遣いを整えたのだった。

この果林の中に、すでに新たな命が息づいているのだ。それが彼にとっての未来の象徴であり、自分に繋がる運命なのだった。

当分は平成と、大正の浅草と鎌倉の三重生活が続くことだろう。

これから未来の知識を駆使して、淫奇館もこの大原家も盛り立てていかなければならない。

正樹は過去へ戻り、あらためて未来を見つめることが出来た気がした。

「重くないですか……」

「うん、しばらくこのままでいて……」

果林が言うと、正樹は答え、彼女の温もりの中で安らぎに包まれたのだった。


（了）

＊本作品はフィクションです。作品内に登場する人名、地名、団体名等は実在のものとは関係ありません。

長編小説
あやかし淫奇館《いんきかん》
睦月影郎《むつきかげろう》
2017年12月25日　初版第一刷発行

ブックデザイン…………………… 橋元浩明(sowhat.Inc.)

発行人…………………………………………… 後藤明信
発行所…………………………………… 株式会社竹書房
〒102-0072　東京都千代田区飯田橋2－7－3
電話　03-3264-1576（代表）
03-3234-6301（編集）
http://www.takeshobo.co.jp
印刷・製本…………………………… 凸版印刷株式会社

ISBN978-4-8019-1322-6　C0193